KB120848

슬픈 런치

시작시인선 0286 슬픈 런치

1판 1쇄 펴낸날 2019년 3월 29일
지은이 정태춘
펴낸이 이재무
책임편집 박은정
편집디자인 민성돈, 장덕진
펴낸곳 (주)천년의시작
등록번호 제301−2012−033호
등록일자 2006년 1월 10일
주소 (03132) 서울시 종로구 삼일대로32길 36 운현신화타워 502호
전화 02−723−8668
팩스 02−723−8630
홈페이지 www.poempoem.com
이메일 poemsijak@hanmail.net

ⓒ정태춘, 2019, printed in Seoul, Korea

ISBN 978−89−6021−420−0 04810
      978−89−6021−069−1 04810(세트)

값 9,000원

*이 책은 김대홀 박오울 40 프로젝트의 일환으로 제작되었습니다.

슬픈 런치

정태춘

천년의
시 작

자서

아마,
단지 호기심과 자선지심에만 의한 것이었다면
여기까지 오지는 못했을 것이다 않았을 것이다
이기적인 탐욕과 본성적 악의가 문명을 여기
가파른 언덕까지 굴려왔다

추악하고 추악하다
한정된 재화와 권력을 거머쥐기 위해 전쟁 중이다 중이었다
때론 각 지역별 분점을 용인하되, 연합하고
연합이 안 되면 강제 통합하고, 그러기 위해 습격을 하고
복속하고(지금도 기지가 더 필요하다. 무기는 얼마든지 생산할 수
있다. 병사나 장교, 군속도 마찬가지다.)
무자비와 기회주의 중 하나만을 선택할 수밖에 없다 이제
인간은

와중에도
끊임없이 생산한다 소비한다
단지 그것만을 위해 개미처럼 평생을 움직이고 생각한다, 일부는
그것들로부터도 소외된다
소외되는 삶은 비참하다

지배하는 모든 악이 정당화되고 미화된다
모든 선의의 저항도 사라졌다

유럽인들, 아메리카나 아프리카나 아시아에
아무런 연민도, 가책도, 죄의식도 없다
착취는 계속되고 있다
인간의 대지, 인간의 공동체에 대해서 말이다

지구는 모두 파괴되고 있고
파괴한 자들이 생산하는 건
쓰레기들일 뿐이다
쓰레기
문명의 쓰레기통 테레비, 신문, 잡지, 인터넷
모든 미디어 뚜껑을 넘쳐 흐르는 계몽과 선동의 악취 가득하구나

이제 남은 것은 파멸뿐이다
이미 그 시점이 초읽기에 들어가 있다
그리고는 이 파멸의 열차가
속도를 더욱 높이고 있다

여기까지는, 꼭 내가 해야 하는 이야기는 아니다
그간 나도 어디선가 적잖이 궁시렁댔던 소리이지만
대개 낙오자들(좌파?) 일반의 소리였다 거기에
나의 분노가 조금 가미되었었다

하나만 더…
국가들도 통제력을 상실했다
국제 기업들로부터 어떻게 세수를 좀 확대할 수 있을지…

최근의 한 정부 간 국제회의의 주 의제다(코리아에서 열렸다)
하지만 그 세금도 결코 인간들을 위해 쓰이지는 않는다
자본이 그조차 통제한다

......

열차는 달리고
나는 거기서 내렸다
쉬어 가는 정거장도 없이 쾌속 질주하는 궤도 열차
거기서 뛰어내리다 보니
좀 다쳤다
피가 흐른다

그리고, 아직도
그 가속도가 내 몸에 남아
그 궤도를 따라 계속 구르고 있다
구르고 있다

이제
만신창이가 되어 내가
멈추어 설 땅은 과연 어디일까?

나의 대지는 어디일까?
녹색의 대지
오래전에 저들이 휩쓸고 지나간, 또는
전인미답의…

뭐,
이러며

써 내려간 글들이었다

21세기 초
내 서울에서의 한철의 일기
그 몇 개월간의…

곧장 출판하려다 몇 차례
포기하고
내 컴퓨터 외장하드 깊숙이 처박아 두었다가
가끔씩 꺼내서 읽어보며
혹시, 어떤 정신병적인 증세는 아닐까
내 문제
모두 나의 문제는 아닐까, 도 여러 번 생각하다가

그리고,
다시 출판하기로 결심한다
손을 본다

부디
체제 옹호자들과
만나지 않기만을 바랄 뿐이다
저들을 또다시 불쾌하게 만들 일이야 없지 않은가

이제 난,
저 열차에서 이미 내린 자들과 내릴 자들을 만나러 가야 한다

여기까지는,
지난해에 정리한 「자서」이다

굳이
이 책으로 다시 말할 것 같으면
지난 2003년 4년, 한 1년여간 시랍시고 짧은 글들을 썼고
그중, 앞부분이 『노독일처』라는 이름으로 이미 출간된 바 있고
그 후속 작업으로서 그 뒤의 나머지 글들을 정리한 것이다
노래는 이미 그 전부터 전혀 쓰지 않고 있었다
그게 다다

「자서」 이제, 마저 마무리하자면
세상에 영원한 보수도 진보도 없다
진보가 10년이면 정치적으로 우경화하고 문화적으로 통속화한다
그럼,
보수가 10년이면?
고전이 된다

변혁은 각성의 시대가 불러들이지 않고 최악의 상황이 영접한다
모든 시대가 다 최악일 순 없다
그런 시대는 적어도 한 세기씩은 기다려야 한다
우린 그런 시대를 만났었다

다행인가, 불행인가?

이제

이 땅의 보수는 간난의 위기를 돌파하여 진보를 쓸어버리고 새로운 면역력으로 재무장했는데, 그야말로 근대 이데올로기 위에 신자본의 새 질서를 구축했는데, 밖으론

세계 권위의 위계도에서 국가, 민족도 축출하고 새로운 통합의 문명을 건설 중이신데

그런 신질서 건설 현장 주변에서 괜히 얼쩡거리는 것은 할 짓이 아니다 바쁜 사람들 옆에서… 이상주의자들이 할 짓이 아니다

그래서, 이 책은 부디 저들도 피해 다니길 바란다

걸리적거리지 않게… 또한, 그들 곁에서 언제나

고난을 자초하는 시대에의 헌신자들

이 책이 그들도 피해 다니길 바란다

미안하니까

2019년 2월 어느 날

마포에서

때 지난 자서를 다시 쓰다

차 례

자서

해 설

똥

똥을 누며
이런 생각을 다
했다

나
아무 데에도 소속되어 있지 않다는
자유로움과…

슬픔

나도 세상에서 이렇게 또옹!

떨어져
나와
…

독특한 캐릭터의 나

지식인도 아닌 것이
무지랭이도 아닌 것이
엘리트도 아닌 것이
민중도 아닌 것이
체제 내의 것도 아닌 것이
체제 바깥의 것도 아닌 것이

예술가도 아닌 것이
떠버리 비슷한 것이
남한에서 그저
둥둥
떠댕긴다

환경環境 오염汚染 주의注意!

나 이제
당신들의 그 어떤 윤리,
윤리로부터도 자유다

허나,

겁내지들 마시라 나의 노래는 이제
당신들의 뽕짝보다 힙합보다 훨
말랑하다

2004년 3월

봄바람

한겨레신문과의 인터뷰를 마치고
개나리 필똥말똥한
강변북로 노을을 뒤로하고
집으로 돌아왔다
그가 그랬다
시집 다 읽어봤는데
"예외자의 솔직한 이야기들…"

예외자…
오늘이 언론과의
마지막 인터뷰였으면 좋겠다고 생각했다
내일 경향과의 그것도 없고

주차장에 차를 대고
아파트 현관으로 들어가는데
봄바람이 심상치 않다

고향
못자리 봄 논에 들어가 있고 싶었다
온몸 잡아당기는 끈적한 진흙 속에

늘 감추고 살아온 두 발을 거기 깊숙이 박고
들판 너머 노을 바라보며
그렇게
서있고 싶었다
또는,
젖은 발목 시리게
논둑 위에 서있고 싶었다
봄바람에 서러워 엉엉 울며
그렇게
거기
고향 들판에 서있고
싶었다

저 자본주의 이전…

벼랑

벼랑 끝에 서있어 보지 않은 자들은
그 벼랑이 얼마나 절망적인 것인지
알지 못한다

실존의 벼랑 말고
(물론, 그도 그럴 것)
가치관의 벼랑

여기
내 상상력의
벼랑
끝

현대문명

실천문학사 새로 입주한 동네 뒷길
점심으로 생선매운탕 대충 먹고 나오는데
그 좁은 골목길
파란색 견인차가 어디선가 불법 주차한 소형 승용차를
또 어디 먼 데로 질질 끌고 가고 있었다
견인차 운전수는
거기에도 불법 주차한 무수한 승용차 트럭들 사이로
요리조리 빠져나가며
열심히 자기 일을 하고 있었다
그에게 부과된 자기 일을

어이, 저것 봐
현대문명은 참 재미있지 않어?

현대문명에서는
열심히 해볼 만한 일이 참
너무도 많다
별걸 다 시킨다

그 사람도 눈코 뜰 새 없이
바쁠 것

촛불 집회

3·20 탄핵 반대 촛불집횐지 촛불 문화젠지 한다고
광화문으로 사람들이 버글버글 모여드는데
시간도 되기 전에 벌써
노점상들이 먼저 몰려와 있다
서울 시내 노점상 단속한다고
공권력이 참으로 무자비한데
감히, 시내 중심가
동아일보 구 사옥 아래에도
떠억하니
포장마차 서너 개가 들어앉아
있다

어이, 저것 봐
자본주의에서 버티려면
저 정도는 깡다구가
있어야 하는 거
아냐?

세상 구경

자전거를 타고 한강에 나갔따
암사동 부근 종점까지 갔따
뚝 위에 자전거를 뻗쳐 놓고
강 수면께까지 내려갔따
강 건너로 아차산 긴 능선이 펼쳐져 있꼬
그 아래로 경기 북부, 강원도 쪽 산업망으로 연결되는
준 고속또로
상당한 물똥량이 움직이고 있었따
소형 대형 트럭들과 소형 중 대형 승용차들, 버스들과
일부는 그 용도가 애매한 자동차들이
서울 경기 동북부 지역의 각종 산업을
활발히 움직이고 있었따
1차, 2차, 3차 산업…
대량 생산과 대량 소비가 방직공장 직조처럼 짜여지고
그 물자, 노동력, 각종 협상안과 메시지들이 물 흐르듯
질주하는
여기 풍광 좋은 강변도 예외 없는 자본주의의 현장
공장과 시장만 현장이 아니다

아차산 능선을 어렴풋이 그려내고 있는

이 강물도 이미 저 위에서 수력발전소 뿌로펠라를
숨 가쁘게끔 돌리고 내려와
천천히 흘러가며 쉬고 있는 중
그 위로 국제 군수산업 분야의
거대한 씨누크 헬리콥타 한 대가 굉음을 내며
상류쪽으로 날라가고 있었따

남한 자본주의에 아무 도움도 안 되는 나는
뚝 위에 자전거가 잘 있는지
뒤돌아보았따
나의 애마는 그야말로 당나귀처럼
얌전히 나를 기다리고 있꼬
흡족한 마음으로 나는 그놈을 타고
잠실 방향으로 되돌아왔따

오는 길에
대체로 건강이 안 좋아 강에까지 나와 운동
열씸히 하는 지역 주민들과
되도록 눈 마주치지 않고 페달만 밟았따
또, 오는 길에는

천호동 쯤의 고수부지에서
전경 1개 소대가 다중 진압 훈련을 열씸히
하고 있는 것을 보았따
어떤 실업자들은 옆에서 그걸 주의 깊게 구경하고 있꼬…
전경들은 완전군장을 하고
국민소득 2만 불 달성을 위한
남한의 구멍투성이 산업을 보호하고
소수 불만 세력으로부터 그 자본의 국가를 지키기 위해
거기서 땀을 뻘뻘 흘리고 있었따
헬멧을 쓰고, 몽둥이와 방패를 들고
장단 맞춰 군홧발로 그들의 영토
그 신음하는 식민의 대지를 쾅쾅 울리고 있었따
나도 구경했따
그만 가자 당나구야

대체로
낮은 계급의 사람들이 살고 있는 성내천 건너 시영아파트가
뚝방 아래로 주욱 줄지어 있고 그
참 아름다운 뚝방 다리 건너
서울아산병원에서는 수백 개의 진료실, 입원실

산업 전선에서 일부 또는, 심각하게 타격받은 전사들이
최첨단 의학으로 갱생을 꾀하고 있꼬
　　아주 희생당한 사람들을 저세상으로 보내는 영안실
　　현관 앞이 한가했따(하지만, 밤이면 버글버글한다. 주로
밤에들 문병 온다. 바쁘니까)

　　나는 그 모오든 걸 다 구경하고
　　집으로 돌아왔따
　　나의 당나귀를 타고오

　　그리고, 그 당나귀를 아파트 계단 난간에
　　중국산 자물쇠로 단단히 동여맸따
　　또,
　　간간이 세상
　　구경 나가야 하니까

흔들린다

흔들리고
흔들리고
흔들리며
저 거대한 것
세상 앞에 선다는 것
얼마나 힘든 일인가

흔들리고
흔들리며
너무나 적나라한
내 앞에 선다는 것
그건 또
얼마나…

2004년 4월

봄

선생님,
봄이 왜 이리 짧은지요오
라고
쉽게 말허지덜 말
것!

봄이 올똥말똥하네요오
라고
할 때버팀
아직은 그늘이 서늘하네요오
라고 할 때꺼정
그게 다
봄인디,

을매나 긴
봄인디…

그대, 아직 꿈꾸는가?

나의 적은
국제 자본주의 그 자체
지금은
유배지 골방에
이불 쓰고 누워있지만
때가 되면
그리고,
기운을 차리면
내 머리맡의 총을 들고
다시
나설 것이다

탕탕!!

그러나우린우리의총을한번도가져본적이없다그리고모
두들나이를너무많이먹어버렸다그래서유배지가더욱편안하
다고느낀다

목련꽃 땅에 지고

우리 아파트 아래 1층
작은 정원의 목련 나무
시들은 잎사귀 뚝뚝 떨어뜨리고
올봄도
그 기운 신선한 것들
모두 나른해져만 가는데, 그렇게
계절 변화의 팽팽한
긴장감이 이제
서울 상공을 지나가 버리고
말았는데

나는
우리 기다란 베란다
깨진 화분 하나 물끄러미 바라보며
저기다 뭘 좀 심을까?
겨우내 바싹 마른 저 흙에
뭔 씨라도 좀 뿌려볼까
생각한다
물 흠뻑 주고
채송화 씨라도 한 줌 뿌려볼까

생각한다

나의 봄
내 가슴의 풀
하나

개기름

낫살 먹은
니 아부지
얼굴에 기름기 번지르르하다고
자꾸 지머리지 말어
그래두 이나마 먹구사니께
면도, 목욕 자주 허고
그래 그런 거 아니겄냐

시골 사람덜
이리키 얼굴 한번
기름기 번지르르허게
살어보는 게
평생
꿈인디…

라고
딸 앞에서
거어들먹거린다

접시 안테나

아파트 옥상 청소한다고
거기 있던
큰 다라이만 한 접시 안테나 네 개가
주차장 옆 땅바닥에
내려와 있다
그놈들 벌써 며칠째
각자
서로 다른 방향의 하늘을 바라보며
외계로부터
지구의 극소수 반체제 세력을 지원하는,
우주 기동타격대가 날리는
신호를 기다리고 있다 (칙 치이익…!…)

인간들의 소단위 자급자족 체계를 붕괴시킨
지구 곳곳의 대공장들과
전 지구를 장악한 유통 쪽의
주요 물류 기지들을 언제 공격할 것인지…
물자가 아닌
개념일 뿐인 화폐와
그 집합소인 거대 은행들

거긴 언제, 또
잉여와 투기 자본의 집합소인 금융시장의 전산망은
언제쯤 공격할 것인지… (칙, 치이익…!! 칙…)

지구 전 인간의 두뇌를 장악하고 있는
소위 언론, 유무선 방송망들은 또 언제…

모든 인간의 개인 정보를 집적하고 있는 DB,
또, 일부 불순분자들의 일거수일투족을 감시하고 있는
국제 공조 통합 정보기관의 특수 통신망들은 또 언제…
(칙, 치이익 …!?? …치익?)

지상의 모오든 국가 기관들과
첨단 무기 공장들…

옥상에서 내려온 안테나
페인트들이 쩍쩍 갈라져 들고 일어나고,
몹시 녹이 슬어 볼품없는
큰 다라이만 한
회색빛 접시안테나 네 개가 벌써

며칠째

각자의 방향으로 하늘만 바라보며

외계의 신호를 애타게

기다리고 있다

모두 줄이 끊어진 채

아, 줄이 끊어져 있다니…

줄이…

어떤 놈이

줄을 끊었지?

엉?

낮잠

오늘
하두 심심해서
테레비를 켰더니
마침
도옹해애물과… 를 하더라구요
그래,
테레비 꺼버리구
쏘파에서
한잠
늘어지게 잤지요

잘못했나요?

심각한 꿈

꿈에
누가 내 집에 불을 지르러 몰려들 와서
집 주위 낮은 야산에 은폐 대기하고 있고
나는 소방 호스로 열심히
내 집 초가지붕에 물을 뿌리는데
지붕은 영
젖질 않고
그놈들은 언제 튀어나와
떼거지로
화염병을 집어던질지
모르고…

저격

점심때 회덮밥을 먹으면서
마누라한테
"어제 공연하면서,
이렇게 노래를 하고 있는데
누가 무대 뒤에서 나한테 총을 한 방 갈기면
꼼짝없이 당할 수밖에 없다는 생각을 했어"
그랬더니
"누가 당신을 쏴?" 해서
둘이 낄낄 웃었다
"왜 당신을 쏘는데?" 해서
또 웃고…

크로포트킨의 자서전을 읽고 난 후유증이다

정말 어디선가 내가
한 방 맞으면
저 어수선한
내 물건들 누가 다 치우지?

그건 그렇고,

누가 날

쏘고

싶어 할까?

2004년 5월

슬픈 런치

잭스테이크, 5층
올림픽공원 쪽 창가에서
빠알간 야채수프를 홀짝이고 있었다
빗물이 주르르 주르르 흘러내리는
잘 닦여진 유리창 너머로
일기는
촉촉한 오후 안개비 모오드
멀리
공원 반대편 끝자락쯤의 잘 자란 포플러 나무들이
늪 뚝방 둔덕으로 커튼처럼 줄지어 서있고
그 너머
세상에 대해선 알려진 게 별로 없다
안개비와
푸른 나무들 커튼 너머
그저 희뿌열 뿐,

거기가 바로
나의 환상이 머무는 곳
때론 가슴 뛰거나
눈물 나게 할 것 같은

자본주의 세상
저 너머…

호주산 소고기 등심 안심 번갈아 썰어 입에 집어넣고
틀니로 우그작 우그작 씹으며
빗물 주르르
주르르 흘러내리는
유리창 너머를
망연히
망연히
바라만 보았다

이 풍진 세상을

아침 열 시 조금 넘어,

BMW 신형 700 시리즈를 현금으로 터억 턱 뽑아 타는 사
람들과

국산 소형 승용차 중고를 끌고 댕기는 사람들이 서로

평화롭게 살아가는 인간의 도시를 난 잘

이해를 못 하겠다 또, 그들이 시내 도로를 사이좋게

질주하는 것을 난 잘 이해 못 하겠다 뭐

이런 생각을 하면서

구 서울운동장 방향으로 가고 있는데

밀리오레 빵빵한 옥외 스피커에서

"5층, 6층은 팻션을 완성할 수 있는 잡화가…"

팻션을 완성한다? 처음 듣는 말 하지만

기막힌 말

그런데, 거기서 패션을 완성하는 사람들은 어떤 사람들
이야?

거무튀튀한 비둘기들이 아직도

휘휘 날아오르는 청계 5가

좌회전하여 바로

하늘로 올라가는

고가를 타고 싶었는데
그마저 이명박 시장이 부숴버렸다
동대문 앞에서
한 경찰은 열심히 딱지를 끊고
한 경찰은
오토바이 짐꾼들과 대판
말싸움을 벌이고 있었다

종로통을 시속 80km로 달려와
광화문 이순신 장군 안전에서
신호를 기다리고 있는데
건너 광고판 뉴스에
"태국 방콕에서 한국인 1명 권총 맞아 피살"

세종문화회관 주차장에 차를 대고
시립국악관현악단에 올라가니 연습실에서
먼저 온 장사익 씨가
"이 풍진 세상을 만났으니…"
를 연습하고 있었다
"세상 만사가 춘몽 중에 또다시 꿈 같구나"

아,
꿈을 깨고 싶다
이 꿈에서
나가고 싶다

횡재

    어느기가막히게운좋은날, 동호대교지나첫번째터널입구
에서별생각없이1차선에서2차선으로차선을바꿨는데터널을
빠져나가자1차선은50m쯤차들이뻗쳐섰고2차선은텅---
    비어있었다그래, 신호바로받아두번째터널로횡---
    들어갔다
    그맹목의블랙홀속으로불나비처럼빨려

새장 앞에서

나는
베란다 새장 앞에 쪼그리고 앉아
졸고
새장 안의 흑문조 두 마리도
그 안에서 꼬박꼬박
졸고

그 사이로
서울 외곽
모처럼 맑은 오전의 햇살과
최근세사의 모든 디테일들,
역사 현실과 관련한 드러나지 않은 의미심장한 슬로건들이
나를 추월하여 (또는,
새장 바닥의 작은 지푸라기들처럼 툭툭 내버려지며)
지나가고
있었다

너희들은 왜
지난번의 잉꼬들만큼도
통

안 울어주는 거냐 엉?

정말 그럴래?

엉!

2004년 6월

그놈의 담배

"자넨 담배 안 펴?"

"…"

"어, 세상 견딜 만헌 모양이지?"

"아닙니다. 피웁니다"

"어, 그럼 같이 펴어
낮살이나 더 먹었다구 맞담배도 못 하게 허면
담에 나 또 만나고나 싶겠어?"

"…"

"뻑, 뻑, 퓨우…
이렇게 살다가 남들보다 쪼곰 일찍
이 세상 하직하는 겨어
억울헌가?"

"…"

"뭐언 미련 있겠어어
뻑, 뻑,
퓨우우… 그런데
최근에 영국에서 나온 꽹장한 연구 결과에 의하면
담배로 인해서
10년 수명이 단축된대는겨어 뻑 뻑,
퓨우

퓨우…

어이 펴어…"

담배, 거짓말 그리고 연극

담배가
다 떨어졌다
보루로 사다 피우던 타임도
면세점에서 사 온 다비도프도
다 떨어지고
집 안 여기저기 굴러다니던 것들도 찾아내서
다 피우고
이제
집 안엔 담배 한 개비도 안 남았다
여기서
내 인생도 그만
마무리를 해야 하지 않겠나…
라고
괜히 무겁게
분위기 잡으며
동네
쎄븐일레븐으로
나갔다

푸랑카드

경 서울 동부지원 동부검찰청 송파 유치 축
　　　어디어디 바르게 살기 위원회

몇 달을
그걸 유치하자는 프랑카드가 송파 일대에 나붙어 펄럭
이더니
드디어 성공했나 보다
어디 위원회뿐만 아니라 무슨 무슨 단체, 단체,
무슨 무슨 시민 일동…
송파 일대에
경축 프랑카드가 한둘이 아니다

그럼 그걸 뺏긴 구의 시민들은 다 뭐여?

죄 서울 동부지원 동부검찰청 강탈 송
　　　송파의 무명씨

푸랑카드 걸러
광진구로 가야겠다

생각의 재미

저녁에
삼겹살이나 먹겠다고
성내동 뒷골목을 가는데
나보다 조금 더 늙은 한 할배가
재활용품 가득 실은 리야까를 끌고 가고 있었다
거기엔
어느 집에선가 쓰다 버린 싸구려 샹들리에와
철제 탁자 받침 등이 실려있고, 그 위로
접은 박스들이 수북하게 실려있었다 문득,
내 인생도 이제 저기에 실려야 하지 않을까
하는 생각을
했다

나도 때로는
세상 좀 재미나게끔 살고 싶다고 생각한다
이런 청승도 그런 "재미"의 한 가지일진저…

난 거기 실려 끌려가면
무엇으로 재활용될까
내 몸뚱아리 무엇으로 재분류되어 어디로 다시

실려 갈까…
정도까지만 생각하는
그런,
생각하는
재미

한밤에 차 마시기

초여름 한밤에 반바지로
아랫도리 서늘하게
산책을 하고 들어와
오만 잡동사니 너절한 내 방
형광등 불빛 아래
앉아
땅딸막한 국산 주전자
마지막 잔에
녹차 물 떨어지는 소리 듣는다
마치
유리잔 두드리는 소리만 같구나
오늘 밤
산책의 화두가
꽤나
좋았나 보다

나의 간판

거리마다
악마구리처럼 들끓는
저 간판들 사이
나도
내 간판 하나
내걸고 싶을 때가 있다

"조용한
음모의
집"

제3세계

서유럽 사람들 모두
잘 먹고 잘 살고
가뿐한 노동에, 긴 휴식, 세련된 소비
온갖 레저와 다양한 오락
잘 다듬어진 자연과 쾌적한 도시
노점 카페나 고성에서의 맑은 차 한 잔
품위 가득한 식당
깨끗하고 위생적이며 신선한
유기농산물 음식과 로맨틱한 와인
주인, 손님, 종업원들 서로 툭툭 치며
친구처럼 농담하며 정말
더없이 다정하게 살며
요즘처럼 유로 2004 축구에 흠뻑 빠져
세상 걱정거리 없이
역사나 타 인종에 대한 아무런 죄의식도 피해의식도 없이
심리적 육체적으로 건강하며
너무나 인간적인 펍이나 빠아에서
맛난 맥주를 들이켜며
게임 하나에 환희와 절망으로 함께
그걸 만끽하고 있을 때,

이라크에서는
동양의 코리아 한 노동자가
무자헤딘에게 납치되어
카메라 앞에서 공개 처형당하고 있었다
참수

제3세계
우린 지난 500여 년간 그들이 우리에게 준 상처와
그들이 남기고 간 탐욕의 고질병들을 싸안고
절뚝거리며, 비틀거리며
서로를 증오하고,
대국의 용병으로 끼어들어 서로를 적대하고 있었다
그들이 쓰는 세계사를 구경이나 하며 더러 흉내내며
촌시럽게, 촌시럽게
야만적으로,
슬프게
슬프게
살아가고 있었다

"응징하자, 코리아의 매운맛을 보여 주자! 그리고,

유럽 축구 중계 좀 보자아"

하며…

2004년 7월

구, 목계나루

바람은 날더러
무엇이 되라 하네
아무것 될 것 없는
날더러…

구, 목계장터 신작로
뜨거운 아스팔트 위로
주홍 나비 파닥이며 휘청거리며
한여름으로 가는데
바람은 날더러…

나룻터 꼭대기 자리
신경림 시비가
황토 강물을 등지고 서서
눈치, 향어 뛰어오르는 것도 보지 못하고
길 건너
조선조 아무개들 공덕비만 바라보며
너희는 그래 고작 그것이 되었느냐고
시비나 걸고 있는 것 같은데
그렇게 여기 부재로서

신경림도 이제 역사가 되었는데
그 옆으로
의용소방대 컨테이너 박스를 치고 온
바람은 외람되이
초로의 날더러 자꾸 너는 장차
무엇이 될라나 묻는 듯…

옛날엔
횟집 색싯집이 즐비하고요
길가는 평당 백만 원도 넘었다지요
목계다방 얼굴 검은 마담이
맥심 아이스커피를 타며
당신은 무엇하는 사람이냐고 곧 물을 것처럼
저 건너
솔밭에선 인근 외지 사람들 다 놀러와서
개도 잡아먹고
철 내 노랫소리
넘쳤지요, 그런데…

신경림 선생

지금은
이철수 글씨로도
여기 동네 사람들한테 새삼
말동무도 안 되는데
어느 모자 쓴 노인네
남방 단추 다 풀어헤치고
고물 오토바이로 쏜살같이
포장도로를 달려 지나간다

목계 분교
에프알피 충무공이
몇 안되는 아이들더러
역사는 너희더러
나는 너희더러 또 무엇이 되라 하리라 하시는 중인데
장군, 외지 장군님
강이 저 아랜데
아무리 비가 많이 온다고
저기 정거장 일대 집들을 다 덥쳤겠습니까?
그걸 믿으십니까?

어쨌거나,
남한강 강물을 거슬러
강 뚝방을 타고 온 바람은
선대 지방 수령들 공덕비 풀숲을 잔잔히 흔들며
지나가며
날더러
무엇이 되라
뜨겁거나
허망하거나 그저
남은 생
아무 무엇이라도
되라
하고…

당신은?

우울함이야말로
자기 성찰의 엄마다

우울해야
눈알을 내리깔게 되고
눈알을 내리깔지 않고서야 어찌
자기 성찰이 있단 말인가?

당신네 세상
요즘 너무
명랑하다

나 지금
우울하다

당신은 ?

헤어진다는 것

저녁내
온 동네
물비린내 물씬하게
비 퍼붓고
아직
빗물 뚝뚝 떨어지는 가로수 아래
젊은 연인이
우리 이렇게 헤어져야 하는 거냐며
엉엉 운다

헤어진다는 일이 그렇게 아픈 일인지 정말
나 한동안
모르고 살았구나
젊은 연인아

풀밭가
가로등 불빛 밝은
보도블록 위로
외로운 달팽이 한 마리 지나가고
오늘 밤 산책길이

유난히
쓸쓸하구나

떠나는 영혼에게

이런 날
세상 뜨는 사람들이 있다
장마전선이 며칠째
남한 땅에 걸쳐 있고
3일장 내내
비 퍼붓는데
이런 때
이 세상 하직하고
저세상 가는 이들이 있다
신문에
사형제도가 폐지될 거라는 기사가 실리고
그 기사도
문밖에서 비에 젖는데
그런 날
가족과 이별하고
먼 길 가는 사람들이 있다
어린 자식
눈물 마를 줄 모르고
장지 가는 길
가슴 미어지게 서러운데

어쩔 수 없이
천둥소리에 모진 숨을 끊고
번개 속으로
영혼을 던져
사람으로 살기 참 어려운
사람 세상
그곳을 떠나는
이들이 있다
떠나는 영혼이 더욱
거룩하다

로프트 가는 길

도심
출근길
한 타임의 횡단보도 신호 대기자들이
신호에 따라 일제히
무리 지어 길을 건너고
그 텅 빈 자리
헌 가방 두 개
땅바닥에 내려놓고 서서
조간 신문을 읽는
허름한 젊은 사내

거기서 무얼 찾으려는가
세상, 무너지길 기대하는가
모든 게 어느 한 순간에 올 스톱 되길
그럴 징후를 찾고 있는가?
그리 열심히

아침부터
관능적으로 치장을 한
늘씬하고 팽팽한

젊은 여자들이
그의 곁으로 지나가고

토오쿄 시부야
로프트 가는 길

토쿄, 맹더위

니뽄의
거미줄 같은 모든 길은
상가로 통한다

이건 체제의 문제라고
체제와 문명에 관한 문제라고
심각한 토론을 하고 있는
꿈을 꾸고 있는지도 모르겠다
노숙자
벌써 해는 중천이고
다꾸시 정류장엔 긴 줄이 전혀 줄지 않는데
그는 웃통을 벗어버린 채
배를 내놓고
오전 맹더위 햇살에 일광욕을 즐기며
정류장 옆에서 아직도
자고 있다
옆의 동료는
밤새 머리만 들이밀었던 종이 박스에
분홍 토끼 인형 베개만 달랑 남겨 두고
그늘로 옮겨 앉았다

야구 선수 마쯔이의 생명보험 광고판에 형광불이 밝고
그의 표정도 더없이 행복하지만
모든 체제 옹호자들의 표정과 크게 다를 바 없다
광고 효과가 있을지?

무자본과 무소유 무생산의,
무정부 무시스템의
최후의 이데올로기를 실현하고 있을 뿐 저들은
노숙자라 불리지만
속히 사라져 주기를 바라지만
거기도 역시 끊임없이 재생산된다

어제
도큐한즈 옆에서
쓰레기통 뒤지는 사내들을 만났다
커다란 철제 쓰레기통 거기
머리를 들이밀고
음료수 컵만을 꺼내서
꽂혀 있는 빨대마다 쭈욱 쭉
음료 찌꺼기를 빨아 마시고

과일주스 컵은 빨대로, 손가락으로
싹싹 훑어서 핥아 먹는 사내들
하나가 그러고 지나가면
또 다른 멀쩡한 사내가
다시 와서는
빨아 먹고, 핥아 먹고
그들의 사상이나 이데올로기도
결국 마찬가지일 터
사상과 이념뿐이겠는가
거기는 맹더위
땀 흐르는 등줄기
이들이 메고 있는 빵빵한 배낭들
자신의 생 자체에 대한 집념
이들도 결코 만만치 않다

모든 길은 상가로 통한다
쇼핑센터로 통한다
공장, 자본과 연결되어 있다
그러나,

이 지랄 같은 맹더위 때문일까
실은 어제 토쿄의 기온이
최저 30도 최고 39.5도를 기록했다
최저 최고 모두 관측 사상
신기록이었다
평범한 시민들에겐 그저
어쩔 수 없는 자연현상일 뿐이고
아나고나 소바를 선전하는
NHK 테레비 교양 프로의 소재에 불과하지만
이들에겐
보다 의미심장하다
응징과 관련 있다

모든 길은
쇼핑센터로 통한다
그리고 그
길가마다
많지는 않지만
그런 자들이 있다
선동하고 있는

아주 조용하게
고행하는
채집 식사를 하며, 게으르며, 지저분하며
일본 막바지 자본주의를 초월하는

체제는 맹더위와 싸우거나
공존하거나…
동지나해로부터 불어오는 쬔
사나운 열풍
사막보다 황량한
빌딩 사이로
휘몰아치는데
그 한 골목 사구에서
불같은 햇살을 성령처럼
온몸으로 받으며
저팬의 자본주의를 "나니?" 하며 농락하는
"쿠다라시이 히토"들
그런
노오숙자들이
있다

사진

금강산 공연 간다고
사진 두 장을 내라는데
사진관 가기는 싫고
있던 증명사진을 스캔해서
컴퓨터로 뽑는데
모니터에 떠억하니
크게 띄워놓고 보니
이건
영락없는
영정 사진이라…

절을 하고
싶었다

참말로, 그대 등 뒤에 서고 싶다

이발소 철제 의자에 앉아
순서를 기다리며
정면의 나를
빤히
쳐다보고 있는 일은
참
고역스러운 일이다

다음에 오리다…
도 속으로 하여 보고
눈을
지긋이…
(미안해요오, 행복한 삶이 아니었군요
제 책임이에요)

지 머리도 지가
못 자르는 것이…

깜짝 놀랜다

한동안 신문이나 방송 뉴스 다 끊었는데
그래
참 편안했는데
집 안 온도가 30도도 넘는 오늘 아침
마누라가 신문을 보며
"그동안 뇌경색 같은 거 유발시키는 약들
콘택600 뭐 화콜 이런 거
정부가 이번에 한꺼번에 판매 중단 했다네요
유한양행 뭐…"
…

"뭐야,
정부?!"

정부라는 것이 아직도 존재하고 있다니…

보름달

한낮의 열풍이 가시지 않은
후끈한 밤인데요
처와 공원에서 아파트로 돌아오다가
하늘을 보았지요
보름달이 떴어요
더러 구름들 사이 투명하게
보름달이 떴어요
아파트 꼭대기 너머로
현실이 아닌 것처럼
두웅그렇게
다른 나라 달처럼
아,
내 안에 내가 세운 새로운 나라의
달이에요 저것이
가슴이 벌렁벌렁거리데요
그 달만 바라보며
집으로 걸어왔어요

어머니,
비로소 오늘

내 안에
내 나라를 세웠어요
가슴이 마구 뛰어요

…

소파에 앉아있다가 일어서며
어지러워서 비틀
넘어질 뻔했어요
한밤엔

2004년 8월

오늘도 달이

오늘도 달이 떴는데요
종일 날이 맑았는지
그 맑은 하늘로
찌는 태양 빛은 그리도 겁나게만 쏘아댔는지
밤하늘이 아주 검기만 한데요
거기
한 열여드레쯤의
환한 달이 떴는데요
너무도 비장하고
외롭게만 보이던데요
그런데,
그 둥근 원의 위쪽 실선이
어디론가 사라지고
무슨 기괴한 부스럼에 사람 살
허물어지듯이
그렇게
허물어지는 모습을
감추지도 못하고
숨기지도 못하고
검은 하늘에

차마

너무나 노골적이고

처참하게 떠

있는데요

한 조각 슬며시 지나가는

구름 조각 같은 것도

없이

그렇게

달이

떴는데요…

먼 데서 보내는 편지

여기
잘 지냅니다
언어 소통에도 큰 문제가 없고
이 사람들 관습이나 교통법규 같은 것도
그런대로
잘 지키면서
(주로 집 안에서
지내고 있습니다
때론
나가기도 하지요)
아무튼
여기서
그런대로
잘 지냅니다
여기 나라 깃발이나
권력자들 이름 같은 것,
이 사람들 지배 방식이나 주류 가치관 같은 것도
크게 신경을 쓰지 않으면서
이 사람들하고 될수록 충돌하지 않으려고 하면서
잘 지내고 있습니다

그런대로

여기

살 만하네요

가끔씩 이 사람들 테레비로

축구 중계도 보면서

당분간은 여기서 이렇게

지낸답니다

그럼,

이만…

서울,

송파에서

모처럼 세상에 나와 단식 농성

아홉 시 십오 분에 출발하는
5호선 전철을 타고
집사람과 오순도순
꿈 이야기 같은 것을 하다가
광화문에서 내렸지요
집사람은 다른 출구로 나가고
나는 2번 출구
교보문고 쪽으로
계단을 올라
세상에 나왔는데요

아이구, 깜짝 놀라고 말았어요

미국 대사관 주위로
제국의 식민지 수비대가
검은 복장에 긴 몽둥이를 하나씩 들고
바리케이드를 치다시피 도열해 있고,
수비대 버스들이 그 뒤에서
대사관 건물을 호위하고 있었어요
대사관 정문을 들어가는 차들은
출입구가 양쪽으로 차단된 철망 통로 안에서

섬세한 검색을 당하고…

이렇게 느닷없이
세상에 나오는 일은 참 두려운 일이에요

아침에
제국의 동맹군 자이툰부대가 서울공항에서
비밀리에 중동의 점령지로 출발하고
도하 신문 방송은 제국 연대의 엠바고로
입을 굳게 다물고

나는
물 적신 수건을 목에 두르고
문광부 옆 시민 공원
민노당 천막 안에서
단식 농성을 했지요

그냥 멍하니
앉아만 있었어요
종일…

집사람이 오후에 잠시 다녀가고…

금강산 가는 길

금강산 가는 길
강원도 양양군
44번 국도
과속 경고판이
너무너무나
인상적이었어요

"어디를?
가시려고
과속을
하십니까?"

금
강
사안…
요

금강산

금강산 봉우리가 어디
일만 이천뿐이겠느냐
고성항 모래밭에서부터
능선 아래
반듯반듯 도열한 미인송 군락지를 지나
미끈한 글바위들
그 주위에 감춰진 작은 봉우리들까지 합치면
어디

그 바위 봉우리 또는,
둥긋한 능선들 아래
회색빛 가옥들
동네 앞 논두렁 밭두렁
모여 앉아 일손 잠시 쉬는
철조망 너머 집단 농장의 동무들
손 흔들어주는
동포들 손사래 너머,
빨간 인공기 펄럭이다 펄럭이다
잠시 힘 빼고 쉬는 높은 깃대 너머,
혁명 수뇌부를 목숨 걸고 사수하자는

마을 어구의 또
빨간 구호판들 너머,
군데군데 부동자세
어린 인민군들 삐딱한 먹갈색 모자 너머
아직 20세기의 창공 아래
막바지 뙤약볕 즐기는
봉우리들이 어디
일만 이천뿐이겠느냐

아침마다
고성 시가지로
유연 연료 연기가
금강산 1부 능선까지만 번지다 말다
내항 긴 모래밭까지 밀려오려다 말려다…
그때쯤,
호수 같은 내항 건너, 솔나무 야산 너머
떠오는 동해 햇발에
목 길게 빼 올리는
준수한 봉우리
봉우리들이

어디
일만 이천뿐이겠느냐

자본주의 선전보다 지쳐 보이는 북조선식
사회주의 구호를
겨우
바위에나 새기고 그런
구호도 새기지 못한
숱한 바위들, 봉우리들
아기자기, 오순도순한 봉우리들이
어디

비포장도로
자전거로 또는, 도보로
더러는 짐 꾸러미도 들고 이고
부지런히 지나가는 인근 마을 동무들
색깔 짙은 남조선 관광버스 바라보며
건널목에 멀리들 모여
무심히 기다리는 사람들
저 눈망울들

저들 가슴에 아직
상처 나지 않은 산천으로 품겨 있는
금강산 금강산
마을 뒷산 봉우리들이 어디
일만
이천
뿐이겠느냐

방송 출연

EBS 라디오
한영애의 문화 한 페이지
공개방송에 출연해서
"…
그런데, 이제
새로운 세상에 관한 상상력이
온전히 사라진 시대가 돼버렸습니다"
까지만 말하고
"그런 세상에서 무슨
노래하고 싶은 생각이 더 나겠습니까?"라는 말은
안 했다

끝인사로
오늘 느낌이 어떠신가요 묻는데
"무슨
해외 공연하는 것 같네요"라는 말도
차마
안 했다

디스커버리

디스커버리 채널에서
말했다
약 80%는 임의의 소비입니다
우리가 만약에 시장에서
꼭 필요한 것만을
구입한다면
세계 자본주의는
붕괴되고 말 것입니다

그러나, 왜
그렇게 할 필요가 있는 건지
한다면 왜 그렇게 해야 하는 건지
그 다음에 즉
그렇게 한 다음에는
어떤 주의의 세상을 만들 수 있는 건지에 대해서는
말하지 않았다
하지만 이건

체제 전복 전술에 관한
은밀한

암시가
아
닌
가?

휴일, 올림픽공원

그야말로
큰 나무들이 병풍처럼 늘어선
긴 둔덕이 있고
그 안쪽으로 잔디 광장이 있다
난 그 비탈진 잔디 광장 위쪽 듬성듬성
소나무 숲의 긴 벤치에서
아래
공원의 사분지 일쯤을 관망하고 있다
몽촌토성과 큰 나무들과 그 너머 푸른 하늘과…
오늘 하루
저 건너 세상에서 들어온 사람들이
느티나무, 단풍나무들 그늘 아래에서
둘러앉아 뭔가들 먹거나
얘기하거나
잠을 자거나
애들하고 공놀이를 하거나들 하고
난 그들을 유심히 바라보고 있다
그들이 잔디 안쪽으로 못 들어오게
또 저쪽 세상에서 파견된 제복 입은 자들이
종일 호루라기를 날카롭게 불어대고

내 뒤 벤치에도 그 제복이 있다

잔디 광장 끝

산책로 옆에

거대한

미루나무 한 그루가 무성한 잔가지들을 늘어뜨리고 섰고

그 전방엔 키가 크기도 큰 쌍둥이 플라타너스가

하늘 끝까지 뻗쳐 어깨동무로 서있다

저들

저쪽 세상에서 온 사람들은

해가 지면 모두 저 둔덕 너머로 돌아가야 한다

그 나무들을 남겨 두고

그러나, 나

다시는

저 둔덕 너머로 돌아가지 않을 것

저기 저

나무들처럼

2004년 9월

가을비

초가을
비가
한 이틀
내리더니
동네
하수구로 쏟아져 들어가는
그 빗물들도
얼마나
맑던지…

내 여생도 거기 함께
쓸려 내려갔으면…

바삐 달아나는
저 맑은 물살들
언제 다시
만날 수
있을는지…

너 그리워

저번에
나
공원에서 하루 종일 있던 날 있었잖어
내가 앉어있던 벤치 등판에
수정액으루
"너
그리워
눈물이
나"
이렇게
써있더라구
차암,
보구 또
보구 그랬네

1600 밀리미터짜리
페트병 맥주 마시며
마누라하고
마루에서
두런
두런
...

신발 이야기

하나,
어떤 서양 운동선수가 라커룸에 벗어놓은 신발이
그런 여러 신발들이
라커룸에서 밖으로
일제히
질주를 하는 그런
광고

둘,
어떤 중동 영화에서
"기다릴 거야
말없이
신발처럼…"
이라는
대사 한마디

오늘 테레비를 좀
봤지

영화, 『터미널』

그 친구 고국이
어디
동구권 신생국가
쯤이라는 걸까
어쨌든
"우린 말야
화장지도 향수 뿌린 걸 쓴단 말야, 임마"

저놈의 아메리카…
남의 속을 또
확
뒤집어 놓네…

가을 일기

"오늘 마지막 평가전을 이렇게 마치고
오는 22일 말레이시아로 출발해서
26일 이라크,
29일 어디 또,
며칟날 어디…"

이걸 다 외울 수도 없고
마누라가 신문에서
축구 중계 꼭꼭 챙겨주는 것도 아니고…

나의 가을이 이렇게
간답니다
한가하게…

낮에
『슈퍼스타 감사용』 영화를 보면서는
눈물을 꾹꾹 찍어내고
차암…

치열한 삶요?

그건 자본주의적인 얘기지요

이렇게 사는 게 얼마나
고요하고
자유로운 삶인데요

계절도 참
좋지 않아요

칼을 갈면서 슬퍼지기도 한다

오늘 청양 산소에 벌초 간다고
어제
중국산 톱날도 달린 무식하게 생긴 제일 큰 주머니칼을
화장실에 들어가
거친 숫돌 고운 숫돌에 한 삼십 분
벅벅 갈았어요
벌초야 예초기로 하지만
나뭇가지들이나 칠까 하고요
내 방에 가지고 와서
종이 위에 그어보니 종이가 살살 베어지데요
설합 속에 있는 작은 놈들을 죄 꺼내서 또
종이 베어보니 대개 그만 못한 놈들이 적지 않아서
예닐곱 개만 꺼내 가지구
미제 DMT 다이아몬드 숫돌로
정성 들여 갈았지요
가끔씩은 이렇게 갈아주는 것들인데
제아무리 아슬아슬할 정도까지 갈아줘도
주머니에 접혀 설합 속에 처박혀 있으니 이렇게 절로
날이 무디어지는가 봐요
잘 간 칼들을 설합에 다시 집어넣으면서

미안해하기도 하면서… 한데,
앞으로도 계속 이렇게 진지하게 칼을
갈게 될 것 같지는 않아요
실상, 쓸 일이 그리 많지는 않거든요

밤에 형님네하고 통화했는데 벌초는
지난주에 평택 계신 두 분이서 우비 입고 다 해버리셨다네요
그날 나도 우비 장화 다 갖춰서 천안까지 갔다가
올라가라 해서 그냥 올라왔는데요

그래도 우리 집에
분노나 절망을 품은 비수 같은 것들은 없답니다
모두 다소 못나거나 무던한 것들
그리고, 대개
예전에 누가 쓰다가 내게까지 오게 된
그런 것들
나만큼은 노후해 보이는
…

그냥 나하고 같이들 이렇게

내 방에

모여있지요

칼들…

일쑤 아저씨 김 씨

베갯잇 바꾼다고
푸라스틱 반짇고리를 열었는데
한구석에
"김 씨가 이자를 팍!!! 깎았습니다"
라고 인쇄된
메모지 반 접은 것에
조그만 바늘이 하나 끼워져 있었다

뒷면;
100만원 = 20,000원 × 60일 → 100만원 = 20,000원 × 56일
Tel (02)4980−XXX, 017−236−XXXX
목돈 드리고 푼돈 받는 −−− 일쑤 아저씨 김 씨

고마운 아저씨…
고마운 자본주의…

이렇게 겸손할 수가…

구월 말일 밤

속보로 걸어가는 땅바닥이
흑백 필름처럼
내가 마주 보지 않는
마주 오는 산책객들의 얼굴들이
해골처럼
큰길로 쌔앵 지나가는 차들도 유령처럼
달빛은 있거나 말거나

주머니 속의 핸드폰은
딴 세상 전갈을 기다리고
횡단보도를 뒷바퀴로만 굴려서 지나가는
젊은 애들의 경쾌한 자전거 묘기도
꿈처럼
아득

어둔 밤거리 배회하는
죽음의 그림자가
오히려 현실답

낼 아침 머리를 깎으러

설마 산으로야 가겠느냐

가을밤이 다시
더워지거나 말거나
그러는 동안
나 더 머얼리 떠내려가거나
말거나

2004년 10월

곽 아무개, 이 아무개, 도 아무개, 정 아무개, 그리고

바람에 갈댓잎
창공에 날리는데
가을바람에

기인 긴 갯벌 방파제
아직도 초록 잎새 선머슴애처럼
뻣뻣하니
바람
거역하는 놈들도 없지는 않은데

이미
굵은 가지에서 부러져
누우렇게
땅끝만 바라보고 있는 놈들
그런 놈들도 있다

갈대꽃
색깔 모를 빛깔로
창공
저렇게

춤
추는데

헌데,
세상 물정 아예 모르고
이제
꽃대궁이
물
올리는
그런
놈들도
있다

비웃지 마라
우리 곁엔
없다

네 사내가
푸석한 영혼의 갈기
갈대꽃처럼 휘날리러

순천만에 갔다

참한 네 여자
코스모스 길로
앞세우고

바람이 자알
불었다

밀양

언제더라?
새벽 차로 여기 떨어져서
갈 데가 없어 역전 목욕탕 들어가 목욕하고
상남면 아침 들판 논길로만 헤매다
어느
술도가 주인을 만나고, 그 동생 집
예림리 동네 목욕탕에 기식하며
새벽마다 방카씨유 보일라 불을 때던
그 밀양
강엔 웬 모래가 그리 많던지

언제나 이 작은 역을 지나면서
역사 건너편, 하행선으로 좌측을 보면
철로 가까이 검은 바위
작은 단애가 있지
오늘은
그 단애를 뒤로하고
열차 승강장에 시골 유치원생들이 줄지어 앉아
이 무궁화호가 아닌
다른 열자를 기다리고 있는데

이제 나는 나이 들어
여기를 또 지나는구나

그 옛날 내 품속의 사진첩을 꺼내어
이 풍경과 비교하고는
그 사진첩에 오늘 여기를 담지 않고
닫아버린다 바위나 한번 더 보고
그 바위에 눈인사나 하고 떠나는
구마선 완행열차

작은 들판 건너 어느 초록의 큰 산
그놈 중턱에 다짜고짜 허어연 터널을 뚫고
그 터널 입구를 향해 거대한 시멘트 기둥들을 세워나가는
이 나라 국토의 대역사를 구경하며 지나가는
무궁화호 완행열차
이제
국토 외진 곳으로만 달리는 누추한 교통수단
단지 이 노회한 열차 안만이 내 나라 풍경 같은데

언제였더라?

아침 나절 밀양 읍내
대갓집 같은 술도가
술 익는 냄새 황홀하던
김 오르는 항아리들
부산한 일꾼들
"아야, 니는 내하고 가자
니 이름이 머꼬?"

그때,
철없던 먼 세기의 그때
생전 처음 충청 이남
먼 나라
밀양

한수라고 불리던
풋사내의
객지

마산에서 뉴욕으로

무궁화호에서는 4개 국어로 안내방송을 하고 있었다
옛 시대
부마항쟁의 지방 도시 변방이 세계화의 철로와 연결되어

이렇게 일찍 시를 쓰는 날은 없었다. 처와 함께
처의 고향을 서둘러 떠나며
후줄근한 역전 호텔 양조식 속이 거북하여
역에서 자판기 커피를 한 잔 더 뽑아 먹고
자본주의를 혐오하며
서울이 깔아뭉개고 앉아서 지배하는 지방 도시,
뉴욕이 깔아뭉개고 앉아서
먼 데서 지배하는 이따위
자본주의 최하류계급의 역전 아래 셋집 동네를 지나

재첩국집
예민한 아침 손님을 맞기에는
너무 너절하고 어수선하고
거기 낯선 사투리…
호텔로 가보자

"우리 열차…
거동 수상자는 신고하여 주시기 바랍니다
우리 열차 다음 역은 진영, 진영역입니다"

가방을 울러 메고 지방 철도역으로 가거나
변두리 골목길을 지나거나 하는 일은 매우 운치 있다
내가 거동 수상자 즉,
테러리스트처럼 보이지만 않는다면
사람들은 군이 날 뉴욕의 권력에게 신고하지 않을 것이다
겉으로 나의 사상을 알아보기는 매우 힘들 것이다

아침부터 왜
이리 불쾌한가?
저놈의 영어, 일어, 중국어 안내방송
무료한 역무원의 소읍,
진영역 들어서는 지난 세기 고물 열차 안에서 이리도 크게
떠들어댈 것이 무엇이람

마산역 광장 분수대
첨단 기법 초라한 시공의 아류 예술

그 부조화한 투명 아크릴판 위론 오래된
쓰레기가 나뒹굴고
광장 중앙
어울리지 않게 키만 큰 소나무들 가지 위로
비둘기들이 마치 까마귀처럼들 앉아있는데,
역사 주위로 아침부터 술 취한 눈빛들
떠다니는 사람들, 거동 수상해 보이는 이탈자들,
과격한 반체제자들을 찾아내겠다는 듯
외지 여행객들을 노골적으로 뚫어져라 쳐다보다
잠시 쉬면서 대합실
모던한 시대의 모던한 철제 의자들 위에
낙후한 변방의 하류 엉덩이들을 비비적거리고 있다

"자야,
세상에는 말이다
상류, 중류, 하류 인생이 있다 아이가
근데 안 있나, 하류 인생이 대다수 아이가…"
"그래요? 그런데
하류 인생들은, 그 대다수의 하류 인생들은 잘 안 보이던데요
어디들 있지요?"

"씨바,
그기덜이 테레비에 나오것나, 신문에 나오것나,
동사무소 명단에나 있을라나…"

아름답다고 말할 수 없어요
열차 지나가는 강변의 수목이나
벼 익어가는 들판, 작은 마을들 결코
아름답다고 말할 수 없는
밟히고 지배당하는 변두리 땅의 너절함

"잠시 후 우리 열차는 밀양,
밀양역에…
안녕히 가십시오, 해버 나이스 데이"

밀양역 접근하는 낙동강 상류
모래사장도 빈곤하고 물 마른 하천
군데군데 섬들이 기괴한 풀밭을 이루는데
"코노레샤와마모나쿠상동에키니도차쿠이타시마스"

흔타 흔타 진영 단감

아무 데나 널렸구나
강둑이나 산 아래나 심지어 시멘트 포장 논둑길가에도

노오란 유치원생들 다시 철로를 건너고
그들의 미래를 얼핏 훔쳐보며 그 옛날
한 풋사내의 꿈 같은 객지를
무감히 또 떠나는데
산비탈 아래
〈반공 시범 마을〉
지난 세기의 퇴락한 간판이 왜 이리 정겨운가
구호는 완성되고 역사가 되었기 때문인가?

열차는 청도, 청도역에 또 멈추고
나는 환기통도 없는 금연 화장실에 들어가서
창 너머를 바라보며 타임 연기 빡빡 빨아들이고 속으로
단감이 어디 진영, 진영뿐이겠느냐
흉내를 낸다

청도역 지나는 다리 아래
작은 강 한가운데 가느다란 인공 분수대

낮은 세멘트 다리 위에서 무언가 씻고 있는 사내들
감밭에서 대나무 바지랑대로 감을 따는 늙은 부부
지나도 지나도 아침 감나무는
진영, 어디
진영뿐이겠느냐

무궁화 열차 높은 천장
대낮에도 부우연 형광등
광고판 달랑 하나
"누구에게나 소중한 꿈—
우체국 예금 보험이 함께 키워가겠습니다"

굴을 지나고, 굴을 지나고
반도엔 산이 많구나
승객들은 별로 가진 돈이 없고
광고판은 달랑 하나
소박하구나

지방 도시에나 가야
옛날 양복점, 양품점, 아주 이름 없는 메이카의

가다마이, 쓰봉, 잠바때기가 있다
색깔도 야리꾸리한…
대도시에서 밀려난 것들
서구 메이카에 밀려난 것들
이름 없는 메이카의 옷들
마산에서도 변두리
이들의 경제고 문화다
거기서
잠바나 하나 살걸… 지난 세기의

"서민들 물가를 잡아야제
라면 한 개 지금 얼매 하는지 아나
우유는 얼매나 올랐는지 아나
이래 가믄 몬 산다"
서민이라구요? 아,
하류 인생들을 말하는군요

서울에 좀 더 가까이 왔다
동대구역이다 열차를 갈아타야 한다
여기부턴 플랫폼에서도 담배를 못 피운다

요소요소에 감시 카메라가 있다
그래도 담배 피우는 촌것들이 있다
아직은 변두리다
그런 무질서에 불쾌해하거나 그런
것으로 인한 건강 위협에 예민한 자들이 아직은
한참 멀리 있다
그래도 배짱 편하게 담배 빨고 싶으면
저 건너 완행 승강장 쪽으로 가라

"열한 시 30분에 용산을 향해 출발하는 케이티엑스 열차가
5번 홈으로 들어오고 있습니다"
"아저씨, 오십 분에 서울역으로 가는 열차는 어디서 탑니까"
"저기 7번 홈에서 기다리고 있습니다"
"그럼, 아예
우리의 심장부 뉴욕으로 직접 가는 열차는 어디서
탑니까…"

스포츠신문, 그렇게 큰 폰트도 있다니
고현정 배용준…
그 이상은 모른다. 얼른 피해 버렸기 때문이다 내가

국민을 위한 국정 홍보 전문지 코리아플러스
제국의 언어가 지배하는 코리아
이쯤 되면 고졸 대통령은 참 곤혹스러울 것이다

용산 가는 KTX가 미끄러져 들어오고 또,
떠났다
신칸센이나 테제베를 타본 사람들은 저것들이 얼마나
친자본적인지 알 것이다
그야말로 미끄러진다
광통신으로 주식거래와 은행 잔고 이체
헤지펀드가 흐르듯이
선물시장을 통해 알파벳과 아라비아숫자로
북해산, 두바이산 원유가 흐르듯이
매끄럽다

서울로 간다
대전, 아산 천안역을 경유하여
서울로 간다

핸드폰이 부르르 몸서리친다

"정 서방이가?

시계 찾았다 아이가

책상 밑에 있드라

잘 둘끼잉께네 구정 지나 아부지 제사 때 내려온나

시계하고, 그 칼하고 그때 가지가그라"

상류 인생들이 경제 신문을 보는

KTX를 타고 그들과 함께

서울로 간다

주요한 생산이나 거래에 종사하는 이들이다

이들을 신속히 이동시키는 것이 KTX의 임무다. 굳이

커피 맛이 좋아야 할 이유는 없다

미끄러지듯이 서울로 간다

그들의 신문을 곁눈질로 훔쳐본다.

"해외로 빠져나간 개인 자본

올 15조원

유학, 연수 등 8개월 집계

조선일보"

이봐요, 이건 자본 유출이 아니잖아요
당신들의 시장 개념이 고작 그 정돈가요?
당신들 입장이 도대체 뭐요?
신자유주의에 딴지 걸자는 거요?

이제 어떤 감상도, 대안의 희망도 있을 수 없는
개발도상국 외진 도시 후미진 골목길에서 나와
중심을 향해 좀 더 가까이 간다
보다 일상적이다 편안해진다
나는 누구인가

"자이툰 부대의 새벽은 평온했다"
이게 첫 보도인가요? 엠바고가
풀렸는가 봐요? 그래도 그렇지
테러범들, 이슬람 놈들이 무섭지도 않아요?
시골 가는 완행열차 안에서도 테러의 위험을 경고하는
방송이
저리 잦은데
당신들 도대체 정신 있는 거요? 영원히 엠바고 해야지
그리구, 뭐요? 탈이데올로기 시대라구요?

천만에
자본주의 전성시대가 도래했지 않아요?
여성성과 평화와 절제와 생명의 가치와 선한 윤리와
반자본의 그 모든 도전들이 당신들 완강한 무력 앞에
무릎 꿇었고
지난 수십 세기에 걸친 당신들의 피 어린 집념으로 당신
들의 이데올로기가 이제 여기 최종 실현되고 있는데
탈이데올로기라니요?
…

분노가 좀 풀렸는가?
마산역 내국인용 좌변기 화장실
화장지도
옷 걸어놓을 못 하나도 없는
그놈의 공중화장실
담배 빡빡 피워 가며
아침 똥 뿌직거리며
부글부글했던 그 화가 좀
풀렸는가?

서울로 간다
서울로
어쩌면 동경을 거쳐

뉴욕으로
간다

그들이 건설한 고속 레일을 따라
하염없이
간다

나는 누구인가
누구인가
하며…

어머니 2

정말
바닥에
갔다 온 기분이에요
거기 떨어져 한동안
기어오를 밧줄이 없어 허우적거리다가
사실
온몸에 매달려 있는 너절한 끄나풀들을
떼어내는 그런 노역이었어요
못된 세상과의 오랜 애증의 끈들

다시,
이제 다시
제자리로 돌아온 줄 아세요?
아니에요
새로운 자리를 찾았어요

세상이 더 멀리 보이는,
사람들이 더 멀리 보이는
그런 한적한 자리

역사에 비상구가 있다면 그
비상구 가까운 곳에
제 자리가 있어요

그래도 가끔씩은
중얼거리기도 할 테지요
떠들기도 할 테지요, 혼자
또는…

거기서
분노도 절망도 열정도 없이
그리움도 없이
무던한 여생을 보낼 수 있을지…

사실
아무 때고 내키는 대로
저 혼자 열고 나갈
그런 비상구는 없답니다
거기 그냥
제가 써 붙인

글씨예요

그래도
이렇게 다시
올라왔다는 게
중요하잖아요?

어머니…

악수 2

방배동
언덕길 가
치과 옆 모서리 건물을 무슨 괴물 같은 기계로
며칠을 두고
자근자근 부수더니
오늘은
다 부수고 치운 터 위에서 또
괴물 같은 중장비로 꽝꽝대며
파일을 박고 있었다
"日車"라고 쓰여진 그 괴물 옆으로
조그마한 "SAMSUNG" 포크레인이
철골 H빔을 살살 옮기고 있었는데
그 귀여운 포크레인
크기대로 포크레인 삽을 조르르 앉혀논 자리에 가서
거기 걸려 있던 큰 삽을 달랑 내려놓고
조그만 삽을 달랑 걸어 올리고…
그러더니
수많은 레바를 조작하던 운전수가 갑자기
싱글벙글하고 있었다

싱글벙글 싱글벙글

그 귀여운 포크레인을 한 옆에 갖다 대더니
싱글벙글 내게로 와서
"정태춘니임이시죠오? 노래애 잘 듣고오 있습니다. 악수
우…"
"아, 예…"
"댁이 이 부근이세에요오?"
"아아니요,
여기이 치과에 왔다가 시간이 남아서어 잠깐 구경 조오옴··"

내가 하나 갖고 싶은
조그만 노란색 포크레인
운전수
내 나이 또래는 돼 보이는 그 사람하고
악수를 다 했다

그 사람이 행복해 보였다
나도
기분이 좋았다

당신

스스로든 아니든,

철저하게 고립돼 보고
철저하게 소외돼 보고
철저하게 독립해 보란 말입니다
그럼 결국 남는 것은
개인밖에 없단 말입니다
인간이라는 개인
수많은 개체 생명들
그중의 하나가 바로
나입니다
거기선 국가든 민족이든 세계든
모두
관념이란 말입니다

어디
그럴듯한 관념에
기대려 하지 말고
그 외롭고
당당한 존재감을

유지하세요

그제서야 비로소
당신
이에요

해 설

저기 멀리 은밀히 준비되고 있는 것
—정태춘의 시 세계

유성호(문학평론가, 한양대학교 국문과 교수)

1. 불모의 삶을 살아가는 동시대인들에 대한 위안

본래 '시詩'는 시인이 스스로의 삶을 탐색하고 성찰하는 자기 확인의 속성이 매우 강한 예술 양식이다. 누구나 시를 쓰면서 혹은 시집을 묶으면서 느끼게 되는 것은, 이러한 자기 확인에 따르는 설렘과 두려움과 부끄러움일 것이다. 정태춘의 신작시집 『슬픈 런치』(천년의시작, 2019)는 이러한 자기 확인과 세계 개진의 절실함을 아울러 견지한 미학적 결실로서, 그의 노래 40주년을 맞아 펴내는 이색적 기념비(monument)이기도 하다. 물론 정태춘이 써가는 시가 단순한 자기 몰입이나 도취나 몽환에 그쳤다면, 우리는 중년을 넘긴 한 자연인의 삶은 들여다볼 수 있었겠지만, 그 안에서 동시대의 타자로 확장해 가는 원심력을 경험하기는 어려웠을 것이다. 하지만 그의 시는 철저하게 자신의 경험으로부터 발원하고는 있지만, 그것이 타자와 연대하려는 강한 의지와 열망을 내포함으로써 대상 확장을 지향하는 신생의 언어로 거듭나고 있다. 그래서 우리는 그의 시를 통해 주체와 대상이 한 사람의 경험적 언어 속에서 예리한 접점을 형성하면서 소통하는 순간을 만나게 된다. 이러한 속성에 바탕을 둔 정태춘 시의 힘은, 불모의 삶을 살아가는 동시대인들에 대한 위안과, 그것을 슬픔과 그리움의 힘으로 견디면서 지난 시간을 호명하는 순간을 함께 그려 보여 준다. 그 세계 안으로 한 걸음씩 들어가 보자.

2. 고백이자 증언이자 선언

대체로 눈 밝은 시인은 새로운 인지적 충격을 통해 삶과 사물의 본질을 발견해 가는 데 공력을 다한다. 대부분의 시인은 일상의 흐름이 가진 경험적 구체성을 통해 그러한 본질을 표상하게 마련이다. 그러한 사례를 일러 프랑스 시인 랭보는 '견자見者'라고 명명하였거니와, 정태춘은 이번 시집을 통해 숨겨져 있는 삶과 사물의 이면을 투시하고 발견하는 견자로서의 직능을 풍요롭게 보여 준다. 그는 반성적이고 본원적인 존재론을 구성하면서, 정적이고 고요한 상태보다는 동적이고 활달한 어떤 차원을 적극 소망해 간다. 비

교적 길게 씌어진 서문을 통해 정태춘은 자신의 지난날을 포효하듯 고백하고 증언하고 선언한다. 그 흔연한 고백이 자 증언이자 선언인 "21세기 초/ 내 서울에서의 한 철의 일 기" 가운데 몇몇 대목을 읽어보자.

추악하고 추악하다
한정된 재화와 권력을 거머쥐기 위해 전쟁 중이다 중이었다
때론 각 지역별 분점을 용인하되, 연합하고
연합이 안 되면 강제 통합하고, 그러기 위해 습격을 하고
복속하고(지금도 기지가 더 필요하다. 무기는 얼마든지 생산할 수 있다. 병사나 장교, 군속도 마찬가지다.)

무자비와 기회주의 중 하나만을 선택할 수밖에 없다 이제
인간은
— 「시인의 말」 부분

지금 세계는 추악한 전쟁을 수행하고 있다. 한정된 재화와 권력을 독점하기 위해 그들은 '분점'과 '연합'과 '통합'과 '습격' 과 '복속'을 전략적으로 배치해 간다. 무수히 생산되는 '무기' 와 '병사'나 '장교'와 '군속'도 이러한 폭력적 질서를 구성하는 인자들이다. 이제 인간은 '무자비'와 '기회주의' 가운데 하나 를 선택하며 살아갈 수밖에 없다. 이러한 비극적 세계 인식 은 정태춘으로 하여금 우리 시대를 묵시록적으로 바라보는 시선을 가지게끔 하지만, 오히려 그는 "호기심과 자선지심 에만 의한 것이었다면/ 여기까지 오지는 못했을 것"이라고

말하면서 자신의 노래가 가장 적정한 세계 이해의 방식이라고 믿는다. "부디/ 체제 옹호자들과/ 만나지 않기만을 바랄 뿐이다"라고 밝힌 이번 시집의 오롯한 지향과 성취를 느낄 수 있는 넉넉한 외침이 아닐 수 없을 것이다.

> 지배하는 모든 악이 정당화되고 미화된다
> 모든 선의의 저항도 사라졌다
>
> 유럽인들, 아메리카나 아프리카나 아시아에
> 아무런 연민도, 가책도, 죄의식도 없다
> 착취는 계속되고 있다
> 인간의 대지, 인간의 공동체에 대해서 말이다
> ─「시인의 말」 부분

정태춘은 세계를 지배하는 '악'이 징치懲治되지 않고 오히려 정당화되고 미화되는 과정을 비판한다. 선의에서 비롯된 '저항'도 모두 사라졌다. 한때 세계의 보편이자 중심을 자처했던 '유럽인들'이 "아메리카나 아프리카나 아시아에/ 아무런 연민도, 가책도, 죄의식도" 가지지 않았음을 그 사례로 든다. 하지만 그들에 의한 착취는 지금도 계속되며 "인간의 대지, 인간의 공동체"는 여전히 악에 의해 분절되고 오염되어 간다. 그로 인해 시인은 '우리들의 당대에 더 이상의 변혁은 없다'는 비관을 고백하고 증언하고 선언하는 것이다. 그렇다면 어디로 갈 것인가.

이제

만신창이가 되어 내가

멈추어 설 땅은 과연 어디일까?

나의 대지는 어디일까?

녹색의 대지

오래전에 저들이 휩쓸고 지나간, 또는

전인미답의…

—「시인의 말」 부분

　　만신창이가 된 이들은 이제 어디로 갈까? 그들이 멈추어
설 땅은 어디일까? 그들이 품에 안길 대지는 어디일까? 그
것은 역설적으로 오래전 그들이 휩쓸고 지나간 "녹색의 대
지"이거나 아니면 누구도 지나간 적이 없는 "전인미답"의
상상적 대지일 것이다.

　　변혁은 각성의 시대가 불러들이지 않고, 최악의 상황
이 영접한다

　　모든 시대가 다 최악일 순 없다

　　그런 시대는 적어도 한 세기씩은 기다려야 한다

　　우린 그런 시대를 만났었다

　　다행인가, 불행인가?

—「시인의 말」 부분

　　비록 변혁이 불가능한 "최악의 상황이 영접"하는 시대일
지라도, 시인은 "모든 시대가 다 최악일 순 없다"고 갈파한

다. 적어도 우리는 변혁의 시대를 살아오지 않았던가. 물론 그 경험이 다행인지 불행인지는 알 수 없는 일이다. 다만 시인은 변혁의 불가능성 앞에서도, 오래도록 문득, 뚜렷하고도 희미하게, 저기 멀리 은밀히 준비되고 있는 것을 강렬하게 예감한다. 그 은은하게 다가오는 것은, 가파른 시대를 살아온 이의 구체적 경험과 기억 속에서 역동적 은밀함으로 구성되어 갈 것이다. 그리고 그 현실을 구성하는 방식은 시간의 흐름 속에 놓인 삶과 사물들을 절묘하게 결속하는 방향으로 나아갈 것이다.

여기서 우리는 구체적 상황에서 촉발된 사유와 감각이 삶의 비의秘義로 옮겨 가는 전이轉移적 상상력이 빛을 발하는 순간을 만난다. 그러나 이렇게 주체와 대상을 결속하는 것만이 정태춘 시의 과제는 아니다. 그는 사유와 감각의 구체를 통해 삶의 진정성을 추구해 가지만, 그 안에서 슬픔의 기원(origin)이랄까 통증의 원형이랄까 하는 것을 사실적으로 구현함으로써 심원한 의미에서의 '삶의 시인'이 되어 가고 있기 때문이다. 이번 시집은 그렇게 존재하는 우리 시대의 보편적 삶에 바쳐진 헌정의 노래이다. 그 안에는 천천히 그리고 충일하게 저기 멀리 은밀히 준비되고 있는 것이 번져가고 있다.

3. 탁한 세상의 역상으로서의 고향 들판

정태춘의 시는 시인 자신의 경험과 기억에 탄력과 윤기를

부여하는 작업을 통해 신생의 감각을 증폭시켜 가기도 한
다. 물론 그것은 일정한 지속성을 가지고 삶을 규율하기보
다는, 우리 삶의 관성에 일종의 인지적이고 정서적인 충격
과 변형을 가함으로써 반성적 시선을 마련해 준다는 데 그
의의가 있을 것이다. 이것이 정태춘 시의 절절한 존재 의의
일 터인데, 그 세목은 이러한 충격과 변형 과정에 충실하게
바쳐진다. 그 결과 정신적 고처高處를 상징하는 차원이 펼쳐
지기도 하는데, 그것은 "고향 들판"으로의 귀환의 힘이 상
징하는 어떤 보편적 가치와 연관되어 간다.

> 한겨레신문과의 인터뷰를 마치고
> 개나리 필똥말똥한
> 강변북로 노을을 뒤로하고
> 집으로 돌아왔다
> 그가 그랬다
> 시집 다 읽어봤는데
> "예외자의 솔직한 이야기들…"
>
> 예외자…
> 오늘이 언론과의
> 마지막 인터뷰였으면 좋겠다고 생각했다
> 내일 경향과의 그것도 없고
>
> 주차장에 차를 대고
> 아파트 현관으로 들어가는데

봄바람이 심상치 않다

고향
못자리 봄 논에 들어가 있고 싶었다
온몸 잡아당기는 끈적한 진흙 속에
늘 감추고 살아온 두 발을 거기 깊숙이 박고
들판 너머 노을 바라보며
그렇게
서있고 싶었다
또는,
젖은 발목 시리게
논둑 위에 서있고 싶었다
봄바람에 서러워 엉엉 울며
그렇게
거기
고향 들판에 서있고
싶었다

저 자본주의 이전…

―「봄바람」 전문

　　"봄바람"은 대체로 포근함과 가벼움 그리고 신생의 숨은
질서를 동반하는 상징이다. 정태춘은 "개나리 필똥말똥한"
봄날 오후에 한 인터뷰에서 자신의 시집을 "예외자의 솔직
한 이야기들"이라고 들었던 일을 떠올린다. 집에 돌아온 저

녁까지 "예외자"라는 말이 뇌리를 떠나지 않는다. 그 순간 심상찮은 "봄바람"이 시인을 "고향 들판"으로 데려간다. 시인은 온몸을 잡아당기는 끈적한 논의 진흙 속에다 발 깊숙이 박고 들판 너머 떨어져 가는 노을을 바라보며 서있는 자신을 상상하는 것이다. 아니 그냥 젖은 발목으로 시리게 논둑 위에 서있고 싶을 뿐이었다. 그 상상의 순간에 "봄바람"은 "자본주의 이전"의 풍경을 순간적으로 탈환해 주면서 시인으로 하여금 고향 들판에 서있게끔 해준다. 그때 정태춘은 "예외자"가 아니라 존재의 기원을 회복하는 '보편자'로 갱신된다. 그렇게 "나의 봄/ 내 가슴의 풀/ 하나"(「목련꽃 땅에 지고」)는 그를 존재의 기원으로 데려간 것이다.

물론 불가에서는 언어를 통해 진리를 계시할 수 없다고 말한다. 이는 현묘한 진리의 세계에 대한 가없는 신뢰를 표현하는 역설적 사유 방법일 것이다. 그래서 그것은, 『유마경』에서 말하는 불이법문不二法門처럼, 침묵 너머의 침묵을 통해서만 가 닿을 수 있을 뿐이다. 정태춘의 시는 이러한 묵언 지향의 형상을 통해 더 나은 세계로 들어갈 뿐이다. 이렇게 언어의 경계를 넘어선 마음을 '무위심無爲心'이라고 하는데, 이는 일체의 언어적 분별이 지워진 상태를 함의한다. 어떠한 형상도 짓지 않는 이 청정한 상태가 바로 사랑의 마음을 일으키는 상태가 되는데, 이는 바로 진공묘유眞空妙有의 새로운 빛을 발할 수 있는 최적의 조건이 되기도 한다. 시인이 '봄바람'을 통해 가닿은 마음은 그 쓸쓸하고 고독한 외관에도 불구하고, 이렇듯 청정하고 아름다운 갱생의 힘에 의해 감싸여 있다.

> 자전거를 타고 한강에 나갔따
> 암사동 부근 종점까지 갔따
> 뚝 위에 자전거를 뻗쳐 놓고
> 강 수면꼐까지 내려갔따
> 강 건너로 아차산 긴 능선이 펼쳐져 있꼬
> 그 아래로 경기 북부, 강원도 쪽 산업망으로 연결되는
> 준 고속또로
> 상당한 물똥량이 움직이고 있었따
> 소형 대형 트럭들과 소형 중 대형 승용차들, 버스들과
> 일부는 그 용도가 애매한 자동차들이
> 서울 경기 동북부 지역의 각종 산업을
> 활발히 움직이고 있었따
> 1차, 2차, 3차 산업…
> 대량 생산과 대량 소비가 방직공장 직조처럼 짜여지고
> 그 물자, 노동력, 각종 협상안과 메시지들이 물 흐르듯
> 질주하는
> 여기 풍광 좋은 강변도 예외 없는 자본주의의 현장
> 공장과 시장만 현장이 아니다
> ―「세상 구경」부분

"고향 들판"의 반대편에는 흐리고 탁한 세상이 있다. 시인은 외관으로는 흐린 세상을 관조하는 태도를 취하지만, 내면으로는 그 심층을 투시하는 안목을 보여 준다. 이 시편에서는 표준어 문법을 일탈하는 표기가 많이 드러나는데,

143

자전거를 타고 세상을 구경하는 장삼이사張三李四의 입말을 그대로 따옴으로써 시 안에 타자의 목소리를 적극 들여놓는 것이다. 시인은 한강에 나가 "암사동 부근 종점"을 거쳐 "아차산 긴 능선"을 바라보고 "경기 북부, 강원도 쪽 산업망으로 연결되는/ 준 고속또로"를 멀리 내다보고 있다. 이때 "고속또로"는 각종 산업을 활발하게 움직이는 무대이지만, "대량 생산과 대량 소비가 방직공장 직조처럼 짜여지고" 있는 "예외 없는 자본주의의 현장"으로 다가온다. 그러니 공장과 시장만이 아니라 우리가 호흡하는 일상적 풍경도 모두 현장이 된다. "봄바람"을 따라 존재의 기원을 상상하던 그 역상逆像으로서 시인은 자본주의의 기율이 일상화된 "결코/ 아름답다고 말할 수 없는/ 밟히고 지배당하는 변두리 땅"(「마산에서 뉴욕으로」)을 바라보고 있는 것이다.

모든 존재자는 현상계에서 물질적 존재 형식을 취하다가 일정한 시간의 흐름을 따라 사라져간다. 신생과 성장과 소멸의 과정을 내남없이 거치기 때문이다. 사라져가는 것은 그 자체로 비극적인 것이지만, 누구에게나 편재적인 필연적 조건이므로, 시인으로서는 그것을 심미적으로 완성해야 하는 실존적 책무를 부여받게 된다. 정태춘은 이번 시집에서 사라져가는 것들을 향한 심미적 상상력을 노래함으로써 이러한 책무에 충실하게 부응해 간다. 하지만 그것은 만가輓歌가 아니라 심미적 리듬을 지닌 생성의 노래로 나타난다는 점에서 특징적이다. 이는 시인이 기본적으로는 비극적 세계관을 가지고 있지만, 그것을 넘어 역설적 생성의 에

너지를 사물의 소멸 형식에서 찾고 있음을 알려 주는 핵심 표지標識라고 할 수 있다. 그래서 그는 '탁한 세상'의 역상으로서의 "고향 들판"을 통해 모든 존재자들의 역설적 신생을 꿈꾸는 긍정의 시인이 아닐 수 없다.

4. 시를 통한 새로운 존재론적 의지

원래 시는 '시간(성)'을 가장 큰 방법적 기제로 삼는 언어 양식이다. 이는 시가 시간 자체에 대해 많은 관심을 가지고 있다는 것을 함의하기도 하지만, 한편으로는 시간의 흐름 속에 놓인 사물의 존재 방식에 대해 집중적 표상을 수행한다는 점을 뜻하기도 한다. 정태춘의 시집은 이러한 시간 예술로서의 시의 속성을 충실하게 예증하면서, 시간의 다양한 차원을 첨예하게 보여 주는 실례로 다가온다. 특별히 견고한 리듬을 바탕으로 하면서 사물들의 고유한 시간적 존재 형식을 탐색하고 표현하는 그의 시는 중후하고 실존적인 사유 쪽으로 무게중심이 현저히 기울어가는 경우를 많이 보여 준다.

벼랑 끝에 서있어 보지 않은 자들은
그 벼랑이 얼마나 절망적인 것인지
알지 못한다

실존의 벼랑 말고
(물론, 그도 그럴 것)
가치관의 벼랑

여기
내 상상력의
벼랑
끝

—「벼랑」 전문

흔들리고
흔들리고
흔들리며
저 거대한 것
세상 앞에 선다는 것
얼마나 힘든 일인가

흔들리고
흔들리며
너무나 적나라한
내 앞에 선다는 것
그건 또
얼마나…

—「흔들린다」 전문

시인은 "실존의 벼랑"이 가지는 절망에 대해 사유하지만

146

그것보다는 "가치관의 벼랑"과 "내 상상력의/ 벼랑"이 더욱
위태로운 것이며 어쩌면 그 벼랑은 삶의 "끝"을 은유하는지
도 모른다고 고백한다. 한층 무거운 존재론적 사유가 여기
에 펼쳐진다. 가치관과 상상력이 "허물어지는 모습을/ 감
추지도 못하고/ 숨기지도 못하고"(『오늘도 달이』) 살아가는 존
재자의 슬픔이 단단히 배어나온다. 그런가 하면 숱한 흔들
림으로 표상되는 삶은 세상 앞에 서는 일을 더욱 힘들게 하
지만, 그것 역시 불가피한 삶의 형식임을 시인은 알아간다.
비록 "너무나 적나라한/ 내 앞에 선다는 것"이 힘들지라도,
"사람으로 살기 참 어려운/ 사람 세상"(『떠나는 영혼에게』)일지
라도, 지금 여기에서 여전한 흔들림으로 살아가려는 존재
론적 의지가 절실하게 다가온다. 이러한 흔들림 안에는 "아
무 데에도 소속되어 있지 않다는/ 자유로움과… //슬픔"(『똥』)
이 담겨 있는 것이다.

> 저녁에
> 삼겹살이나 먹겠다고
> 성내동 뒷골목을 가는데
> 나보다 조금 더 늙은 한 할배가
> 재활용품 가득 실은 리야까를 끌고 가고 있었다
> 거기엔
> 어느 집에선가 쓰다 버린 싸구려 샹들리에와
> 철제 탁자 받침 등이 실려있고, 그 위로
> 접은 박스들이 수북하게 실려있었다 문득,
> 내 인생도 이제 저기에 실려야 하지 않을까

하는 생각을
했다

나도 때로는
세상 좀 재미나게끔 살고 싶다고 생각한다
이런 청승도 그런 "재미"의 한 가지일진저…

난 거기 실려 끌려가면
무엇으로 재활용될까
내 몸뚱아리 무엇으로 재분류되어 어디로 다시
실려 갈까…
정도까지만 생각하는
그런,
생각하는
재미

　　　　　　　　　　　　　—「생각의 재미」 전문

스스로든 아니든,

철저하게 고립돼 보고
철저하게 소외돼 보고
철저하게 독립해 보란 말입니다
그럼 결국 남는 것은
개인밖에 없단 말입니다
인간이라는 개인
수많은 개체 생명들

그중의 하나가 바로
나입니다
거기선 국가든 민족이든 세계든
모두
관념이란 말입니다

어디
그럴듯한 관념에
기대려 하지 말고
그 외롭고
당당한 존재감을
유지하세요

그제서야 비로소
당신
이에요

—「당신」 전문

　깊은 생각들의 연쇄는 정태춘을 정태춘으로 만들어 주는 호환할 수 없는 원질原質일 것이다. 시인은 한적한 저녁에 어떤 뒷골목에서 "늙은 한 할배가/ 재활용품 가득 실은 리야까를 끌고" 가는 장면에서 "문득,/ 내 인생도 이제 저기에 실려야 하지 않을까/ 하는 생각"을 얻는다. 청승도 재미의 변주일진대, "거기 실려 끌려가면/ 무엇으로 재활용될까"를 생각하는 일은 "생각의 재미"가 아니겠는가. 하지만 그 저류底流에 "자신의 생 자체에 대한 집념"(「토쿄, 맹더위」)을 흘려보내면서 시인은 스스로에 대한 역설적 자존을 노래해 간다. 그러한 시인의 생각은 "당신"이라는 2인칭을 호명하면서, 고립되고 소외되고 독립하는 일이야말로 철저한 "개인"으로 남는 길임을 노래한다. 그 중심에 "나"라는 존재가 있고, "국가든 민족이든 세계든/ 모두/ 관념"일 뿐이라는 것이다. "외롭고/ 당당한 존재감"을 견지해 가는 일이 더없이 중요하며, 그럼으로써 온갖 관념으로부터 자유로워질 수 있다는 "생각"을 보여 주는 것이다. 여기서 "당신"은 "생각의 재미"를 넓혀 가던 생을 "당당한 존재감"으로 완성시켜 가려는 시인의 존재론적 욕망을 표상하는 대상인 셈이다.

모든 존재자는 소멸 직전에 자신의 가장 순수한 외관을 드러낸다. 그 점에서 모든 사물은 사라짐으로써만 자신의 운명이 부여받은 시간을 충실히 살아낸다. 정태춘 시편에 드러나는 사물들은 이러한 시간의 운명을 살아내면서, 시간의 흐름이라는 물리적 과정에 의해 채택되고 배열된다. 특별히 시인은 지나온 시간의 상처를 누그러뜨리면서 더욱 근원적인 질서를 상상하는 쪽으로 자신의 시를 배열하고 있다. 이번 시집 전체가 이러한 근원적 질서를 회복해 가는 쪽으로 강화되고 있다는 점은 그 점에서 매우 이채롭다. 시를 통한 새로운 존재론적 의지가 그 안에 농울치고 있는 것이다.

5. '자본주의 너머' 역사와의 근친성을 담아내는 시

정태춘의 목소리는 한결같이 세계 내적 존재로서 가지는 슬픔 같은 것에 초점이 맞추어져 있다. 하지만 그러한 슬픔을 그는 우울한 비관주의로 노래하지 않는다. 오히려 그는 그것을 자기 긍정의 마음으로 전화轉化하는 내적 계기를 풍부하게 만들어놓는다. 예컨대 그것은, 사물들에 대한 외경畏敬과 삶의 보편성에 대한 믿음을 통해 만들어진다. 그의 시편은 오솔길에 피어있는 꽃 한 송이에 대한 미학적 동경에서 발원하기도 하고, 그것들을 더없는 보석으로 바꿀 순수한 힘을 간직한 역설의 사물로 존재하기도 한다. 그것은 그의 시에 내재해 있는, 그리움에 감싸인 근원적 기억들을 통해 가능한 것이다. 하지만 우리는 이러한 그리움과 역주행하면서 '파시스트적 속도'의 시대를 살아오지 않았던가.

우리 시대는 마치 멈추면 곧 쓰러지고 마는 자전거처럼 성장과 가속의 외길을 쉼 없이 달려왔다. 근대가 축적한 자본과 지식과 권력은 자기 전개의 추동력을 온전하게 보장받았지만, 그것들은 새로운 인간 존엄에 기여하기보다는 반성 없는 자기 확장 과정을 통해 온갖 폭력성을 노출하는 경우를 허다하게 노정하였다. 말하자면 근대는 인간 존엄을 지키고 심화하는 방향이 아니라, 자본과 지식과 권력의 결속을 통해 인간 존엄을 유보하고 도구화하는 방향을 현저하게 드러낸 것이다. 누구보다도 이러한 근대를 빠른 시간으로 관통해 온 우리는, 그동안 근대가 망각해 온 고전적 가치와 기율과 정신을 탈환하고 회복해야 한다는 반성과 실천의 요청에 직면하게 된 것이다. 정태춘 시는 그러한 실천의 요청 한가운데를 가로질러 간다.

잭스테이크, 5층
올림픽공원 쪽 창가에서
빠알간 야채수프를 홀짝이고 있었다
빗물이 주르르 주르르 흘러내리는
잘 닦여진 유리창 너머로
일기는
촉촉한 오후 안개비 모오드
멀리
공원 반대편 끝자락쯤의 잘 자란 포플러 나무들이
늪 뚝방 둔덕으로 커튼처럼 줄지어 서있고
그 너머
세상에 대해선 알려진 게 별로 없다
안개비와
푸른 나무들 커튼 너머
그저 희뿌열 뿐,

거기가 바로
나의 환상이 머무는 곳
때론 가슴 뛰거나
눈물 나게 할 것 같은
자본주의 세상

저 너머…

호주산 소고기 등심 안심 번갈아 썰어 입에 집어넣고
틀니로 우그작 우그작 씹으며
빗물 주르르
주르르 흘러내리는
유리창 너머를
망연히
망연히
바라만 보았다

—「슬픈 런치」 전문

시집 표제작이기도 한 이 시편은, 비 내리는 오후 한 식당
에서 점심을 먹고 있는 시인이 느낀 슬픔을 감각화하고 있
다. "빗물이 주르르 주르르 흘러내리는/ 잘 닦여진 유리창
너머"는 마치 딴 세상인 듯 "촉촉한 오후 안개비 모오드"를
보여 준다. 멀리에는 나무들이 줄지어 서있고 다시 "그 너
머/ 세상"은 우리에게 흐리게 가물거릴 뿐이다. 하지만 시
인이 노래하는 "그 너머/ 세상"은 "나의 환상이 머무는 곳"
이기도 하고, 가슴 뛰고 눈물 나게 하는 "자본주의 세상/ 저
너머"이기도 하다. "나의 적은/ 국제 자본주의 그 자체"(『그
대, 아직 꿈꾸는가?』)라고 말하고, 스스로는 "대안의 희망도 있
을 수 없는/ 개발도상국 외진 도시 후미진 골목길에서 나
와/ 중심을 향해 좀 더 가까이"(『마산에서 뉴욕으로』) 가고 있다
고 고백한 시인에게 이러한 '너머/세상'은 매우 큰 존재론적

지향을 암시해 주고 있는 것이다. 그렇게 "유리창 너머를/ 망연히/ 망연히 바라"볼 수밖에 없었던 순간은, 비록 "슬픈 런치"로 다가왔지만, 시인은 그 순간에도 저기 멀리 은밀히 준비되고 있는 것을 흐릿하게 예감하게 된다.

> 아홉 시 십오 분에 출발하는
> 5호선 전철을 타고
> 집사람과 오순도순
> 꿈 이야기 같은 것을 하다가
> 광화문에서 내렸지요
> 집사람은 다른 출구로 나가고
> 나는 2번 출구
> 교보문고 쪽으로
> 계단을 올라
> 세상에 나왔는데요
>
> 아이구, 깜짝 놀라고 말았어요
>
> 미국 대사관 주위로
> 제국의 식민지 수비대가
> 검은 복장에 긴 몽둥이를 하나씩 들고
> 바리케이드를 치다시피 도열해 있고,
> 수비대 버스들이 그 뒤에서
> 대사관 건물을 호위하고 있었어요
> 대사관 정문을 들어가는 차들은

출입구가 양쪽으로 차단된 철망 통로 안에서
섬세한 검색을 당하고…

이렇게 느닷없이
세상에 나오는 일은 참 두려운 일이에요

아침에
제국의 동맹군 자이툰부대가 서울공항에서
비밀리에 중동의 점령지로 출발하고
도하 신문 방송은 제국 연대의 엠바고로
입을 굳게 다물고

나는
물 적신 수건을 목에 두르고
문광부 옆 시민 공원
민노당 천막 안에서
단식 농성을 했지요

그냥 멍하니
앉아만 있었어요
종일…

집사람이 오후에 잠시 다녀가고…
　　　　　　　—「모처럼 세상에 나와 단식 농성」전문

이 작품은 시인의 하루 동선動線이 그 자체로 우리 역사와

근친성을 가지면서 펼쳐지는 과정을 보여 준다. 아침에 아내와 오순도순 전철 타고 시내로 간 시인은 세상으로 나와 "미국 대사관 주위로/ 제국의 식민지 수비대"가 도열해 있는 장면을 맞는다. 버스들이 대사관을 호위하고 대사관을 들어서는 차들이 모두 검색당하는 장면은 모종의 두려움을 안겨 준다. "제국의 동맹군 자이툰부대"는 비밀리에 점령지로 출발하고, 언론들은 "제국 연대의 엠바고"가 되고, 시인은 하루종일 멍하니 앉아 그저 "민노당 천막 안에서/ 단식 농성"을 했을 뿐이다. 모처럼 세상에 나와 단식 농성을 하게 된 것이지만, 그가 관찰하고 구성한 하루 시간은 그 자체로 한 시대의 초상을 선연하게 암시해 준다. 또한 그것은 지난 시대의 "지배 방식이나 주류 가치관 같은 것도/ 크게 신경을 쓰지 않으면서"(「먼 데서 보내는 편지」) 살아온 시인의 실존적 초상을 잘 보여 주는 듯하다. 이처럼 그는 우리가 경제 제일의 신화를 넘어서야 하며, 모든 가치를 경제 논리로 환원하여 따지는 인간 조건이 얼마나 척박한지를 노래한다. 그의 시는 가장 사적인 이야기를 형상화할 때도 그 안에 여러 차원의 사회성을 내포한다. 결국 그의 시는 타자들을 향해 한껏 원심력을 보였다가 다시 구체적 개인으로 귀환하는 자기 회귀적 속성을 견지하면서, '자본주의 너머'에서 흘러가는 우리 역사와 깊은 근친성을 보여 주는 뚜렷한 사례로 다가오는 것이다.

6. 아릿한 기억들을 경험하고 기록하는 장소들

정태춘의 언어는 아무나 흉내 낼 수 없는 그만의 직접적 경험의 세계이다. 한편으로 그것은 근대의 이면을 비추어 볼 수 있는 거울로서의 기능을 충실하게 수행하고 있다. 그만큼 우리는 그의 시를 통해 구체적 시공간에서 빚어지는 사람살이의 양상을 사실적으로 경험하게 되고, 근대의 속도전과 폭력성에 의해 밀려나고 있는 어떤 경험적 실재들을 어둑한 풍경 속에서 바라보게 된다. 결국 이번 시집은 시인 자신과 함께 늙어온 시간에 대한 절절한 헌사이자, 그 속에 반짝이는 선명하고도 아릿한 기억을 기록한 섬세한 미학적 화폭이기도 하다. "금강산"과 "밀양"은 그러한 아릿한 기억들을 경험하고 기록하는 구체적 장소를 제공하고 있다.

봉우리들이 어디
일만 이천뿐이겠느냐

아침마다
고성 시가지로
유연 연료 연기가
금강산 1부 능선까지만 번지다 말다
내항 긴 모래밭까지 밀려오려다 말려다…
그때쯤,
호수 같은 내항 건너, 솔나무 야산 너머
떠오는 동해 햇발에

목 길게 빼 올리는
준수한 봉우리
봉우리들이
어디
일만 이천뿐이겠느냐

자본주의 선전보다 지쳐 보이는 북조선식
사회주의 구호를
겨우
바위에나 새기고 그런
구호도 새기지 못한
숱한 바위들, 봉우리들
아기자기, 오순도순한 봉우리들이
어디

비포장도로
자전거로 또는, 도보로
더러는 짐 꾸러미도 들고 이고
부지런히 지나가는 인근 마을 동무들
색깔 짙은 남조선 관광버스 바라보며
건널목에 멀리들 모여
무심히 기다리는 사람들
저 눈망울들
저들 가슴에 아직
상처 나지 않은 산천으로 품겨 있는
금강산 금강산

마을 뒷산 봉우리들이 어디

일만

이천

뿐이겠느냐

—「금강산」 부분

　"금강산"이라는 "저들 가슴에 아직/ 상처 나지 않은 산천으로 품겨 있는" 공간은 여전히 우리의 가슴을 뛰게 한다. "호수 같은 내항 건너, 솔나무 야산 너머/떠오는 동해 햇발"은 그 준수한 봉우리들을 환하게 밝히면서 "아기자기, 오순도순한 봉우리들"로 하여금 건널목에 멀리들 모여 누군가를 무심히 기다리는 사람들의 순진한 눈망울들을 품게끔 해준다. "금강산 금강산/ 마을 뒷산 봉우리들"을 모두를 품는 넉넉하고도 깊은 곳으로 현상하면서 시인은 우리가 "헤어진다는 일이 그렇게 아픈 일인지"(「헤어진다는 것」)를 확연히 보여준다. 나아가 "내 안에 내가 세운 새로운 나라"(「보름달」)를 상상적으로 암시해 준다. 결국 정태춘은 분단 현실에 대한 과장된 비판보다는 고통과 상처를 추스르고 새로운 차원으로 도약하려는 견인堅忍의 미학을 완성하고 있다. 사라져가는 것들을 공들여 되살리면서, 시가 궁극적으로 삶의 구체성에서 우러나오는 언어적 양식임을 보여 주는 뜻깊은 실례로 다가오는 것이다. 그 세계는, 마치 우물 속의 불꽃처럼, 격렬하지 않은 고요한 파문처럼 천천히 번져온다.

언제더라?
새벽 차로 여기 떨어져서
갈 데가 없어 역전 목욕탕 들어가 목욕하고
상남면 아침 들판 논길로만 헤매다
어느
술도가 주인을 만나고, 그 동생 집
예림리 동네 목욕탕에 기식하며
새벽마다 방카씨유 보일라 불을 때던
그 밀양
강엔 웬 모래가 그리 많던지

언제나 이 작은 역을 지나면서
역사 건너편, 하행선으로 좌측을 보면
철로 가까이 검은 바위
작은 단애가 있지
오늘은
그 단애를 뒤로하고
열차 승강장에 시골 유치원생들이 줄지어 앉아
이 무궁화호가 아닌
다른 열차를 기다리고 있는데
이제 나는 나이 들어
여기를 또 지나는구나

그 옛날 내 품속의 사진첩을 꺼내어
이 풍경과 비교하고는
그 사진첩에 오늘 여기를 담지 않고

닫아버린다. 바위나 한번 더 보고
그 바위에 눈인사나 하고 떠나는
구마선 완행열차

작은 들판 건너 어느 초록의 큰 산
그놈 중턱에 다짜고짜 허어연 터널을 뚫고
그 터널 입구를 향해 거대한 시멘트 기둥들을 세워나가는
이 나라 국토의 대역사를 구경하며 지나가는
무궁화호 완행열차
이제
국토 외진 곳으로만 달리는 누추한 교통수단
단지 이 노회한 열차 안만이 내 나라 풍경 같은데

언제였더라?
아침 나절 밀양 읍내
대갓집 같은 술도가
술 익는 냄새 황홀하던
김 오르는 항아리들
부산한 일꾼들
"아야, 니는 내하고 가자.
니 이름이 머꼬?"

그때,
철없던 먼 세기의 그때
생전 처음 충청 이남
먼 나라

밀양

한수라고 불리던
풋사내의
객지

—「밀양」 전문

　이 짧지 않은 시편에서 시인은 언제가 들렀던 "밀양"을 추억하면서 새로운 현재형을 사유해 간다. 거기에는 언젠가 새벽차로 도착하여 "역전 목욕탕"과 "상남면 아침 들판 논길"과 "어느/ 술도가 주인"과 "예림리 동네 목욕탕"을 거쳐 간 기억들이 남아있다. 이 작은 역에서 그는 "역사 건너편"으로 "철로 가까이 검은 바위/ 작은 단애"를 바라보았다. 그런데 오늘 다시 여기서 "시골 유치원생들"과 "나이 들어/ 여기를" 찾아온 자신을 바라본다. '시골/도시'와 '어린이/중년'의 생이 대조적으로 펼쳐진 것이다. 그래서 '역사 너머'는 '역사驛舍 너머'이기도 하고, '역사歷史 너머'이기도 할 것이다. 다시 "그 옛날 내 품속의 사진첩" 속에서 지난날과 지금을 견주어보면서 시인은 너무나 많은 폭력들이 지나간 시간들을 생각한다. 말하자면 작은 들판 건너 큰 산마다 터널을 뚫고 그 앞에 거대한 기둥들을 세워가는 "이 나라 국토의 대역사"를 바라보는 것이다. 그때 누추한 교통수단이었던 무궁화호는 시인으로 하여금 "철없던 먼 세기의 그때"를 다시 떠올리게 하고 "생전 처음 충청 이남/ 먼 나라/ 밀양"에

왔던 순간을 떠올리게끔 한 것이다.

이때 시인은 인간이 인위적으로 정해 놓은 시간의 표지들과 그 표지를 지웠을 때의 자유로움을 대비적으로 그려낸다. 그의 시에서 오래전에 지나면서 깊이 새긴 시공간은 기억의 원형을 형성하는데, 그때 그의 감각과 사유는 그러한 시공간이 겹쳐 있는 어떤 인상적인 풍경이나 장면을 향하게 되고, 그것을 기억의 시학으로 재현하는 방향을 취한다. 정태춘의 시에서 그러한 자재로움은 바로 우리가 근대를 열병처럼 치르는 동안 상실한 생명의 속성이자 원리이기도 할 것이다. 정태춘의 시는 이러한 생명의 속성에 대한 감각, 그리고 그것의 상상적 복원에 매진하고 있는 세계인 셈이다. 물론 이러한 방향이 곧바로 우리가 상실한 거대서사(grand narrative)의 대안적 지평이 되는 것은 아니겠지만, 우리 시대의 불모성과 교감 단절 그리고 실용주의적 기율의 범람에 대한 유력한 시적 항체를 이루어갈 것은 틀림없는 일이다. 우리 시대의 폭력성과 불모성을 우회적으로 증언하면서, 시인은 "금강산"과 "밀양"에서 아릿한 기억들을 기록하고 있는 것이다.

지금까지 우리가 천천히 읽어왔듯이, 정태춘의 이번 시집은 내면 경험의 활력을 언어의 그것으로 치환해 내는 격정의 세계를 환기한다. 그리고 다양한 관념과 사물에 고유의 질감을 부여하는 안목과 그것을 언어의 구체적 물질성으로 바꾸어내는 조형 능력을 동시에 보여 준다. 그 점에서 우리는 그만의 시적 능력을 통해, 사물과 상상력이 만나 빚어내는 역동적 이미지로서의 창조물을 만나게 된다. 정태춘이 보여 준 성찰과 기억의 방식, 그리움을 주조로 하는 신생의 언어는 많은 이들을 정서적으로 위무慰撫하고 그들에게 인지적 충격을 주는 데 기여할 것이다. 또한 이러한 세계는 복잡한 사회 현실에 대한 저항적 측면도 큰데, 그래서 그가 던지는 언어는 공명이 남다르고 그것을 읽는 독자들을 새로운 차원의 사유로 인도해 갈 것이다. 그것은 우리에게 '꿈'이기도 하고, 간절한 '현실'이기도 하다. 또한 그는 우리 삶의 고단함이랄까, 그 안에 새록새록 돋아나는 따뜻함이랄까, 처연함이랄까 하는 생활적 세목을 노래하는 데로 성큼성큼 나아간다. 만신창이가 되어 멈추어 설 땅을 향한 그의 절절한 노래 안에서 우리는, 시를 향한 '다른 목소리(the other voice)'의 진정성을, 저기 멀리 은밀히 준비되고 있는 것을, 섬세한 출렁임으로, 가장 아프고도 빛나는 순간으로, 지금 여기에서, 목도하고 있는 것이다.